AF222736

Zu mager für die Haie

Maria Schreiber

Zu mager für die Haie

Wahre und erfundene
Geschichten
Gedichte

Bibliografische Information der Deutschen
Nationalbibliothek
Die Deutsche Nationalbibliothek verzeichnet diese
Publikation in der Deutschen Nationalbibliografie;
detaillierte bibliografische Daten sind im Internet über
http://dnb.d-nb.de abrufbar.

Maria Schreiber:

Zu mager für die Haie

Copyright 2009
Herstellung und Verlag: Books on Demand GmbH,
Norderstedt

ISBN-13: 978-3-8370-8395-8

4

Inhaltsverzeichnis

Zu mager für die Haie

Wahre und erfundene Geschichten

W ende, ein Begriff, der 1989 eine vollkommen neue Bedeutung bekam. Er benennt nicht nur die Umkehr an einem bestimmten Punkt.
Er beinhaltet menschliche Schicksale, Veränderungen für ein ganzes Volk. Ob diese Veränderungen positiv oder negativ empfunden werden, ist von Mensch zu Mensch in Ost und West verschieden. Ohne Wende wäre dieses Buch nicht erschienen. Fast alle Geschichten und Gedichte haben direkt oder indirekt damit zu tun. In den Geschichten sind eigene Erlebnisse und Schicksale von Freunden und Bekannten eingebettet. Die Gedichte entstanden aus dem Bauch heraus zur Wendezeit und kurz danach. Mit ihnen verarbeitete ich meine Gefühle. Endlich frei! Auf dieses Gefühl hatte ich bis dahin ein Leben lang gewartet. Seit 1961 fühlte ich mich eingesperrt und bevormundet. Mir ging es als DDR-Bürger nicht schlecht. Ich hatte eine gute Arbeit, konnte sogar meinen Traum vom Fallschirmspringen verwirklichen. Doch plötzlich hieß es „aus kaderpolitischen Gründen" gesperrt! So ging es vielen Flugsportlern, ohne dass sie je die Gründe erfuhren.
Nach der Wende stand uns die Welt offen. Mein Mann und ich erlernten das Gleitschirmfliegen, das Tauchen und das Reiten. Grenzen setzte uns dabei nur die Finanzierung. Doch das konnte man berechnen, und dies war nicht so persönlich beleidigend.
Waren Sie schon einmal tauchen? Hatten Sie dabei das Glück Haien zu begegnen? Es ist faszinierend, diesen wundervollen Tieren in die Augen zu schauen.
„Zu mager für die Haie" gehört zu den Geschichten, in denen ein Körnchen Wahrheit steckt.

Alle Namen sind frei erfunden.

7

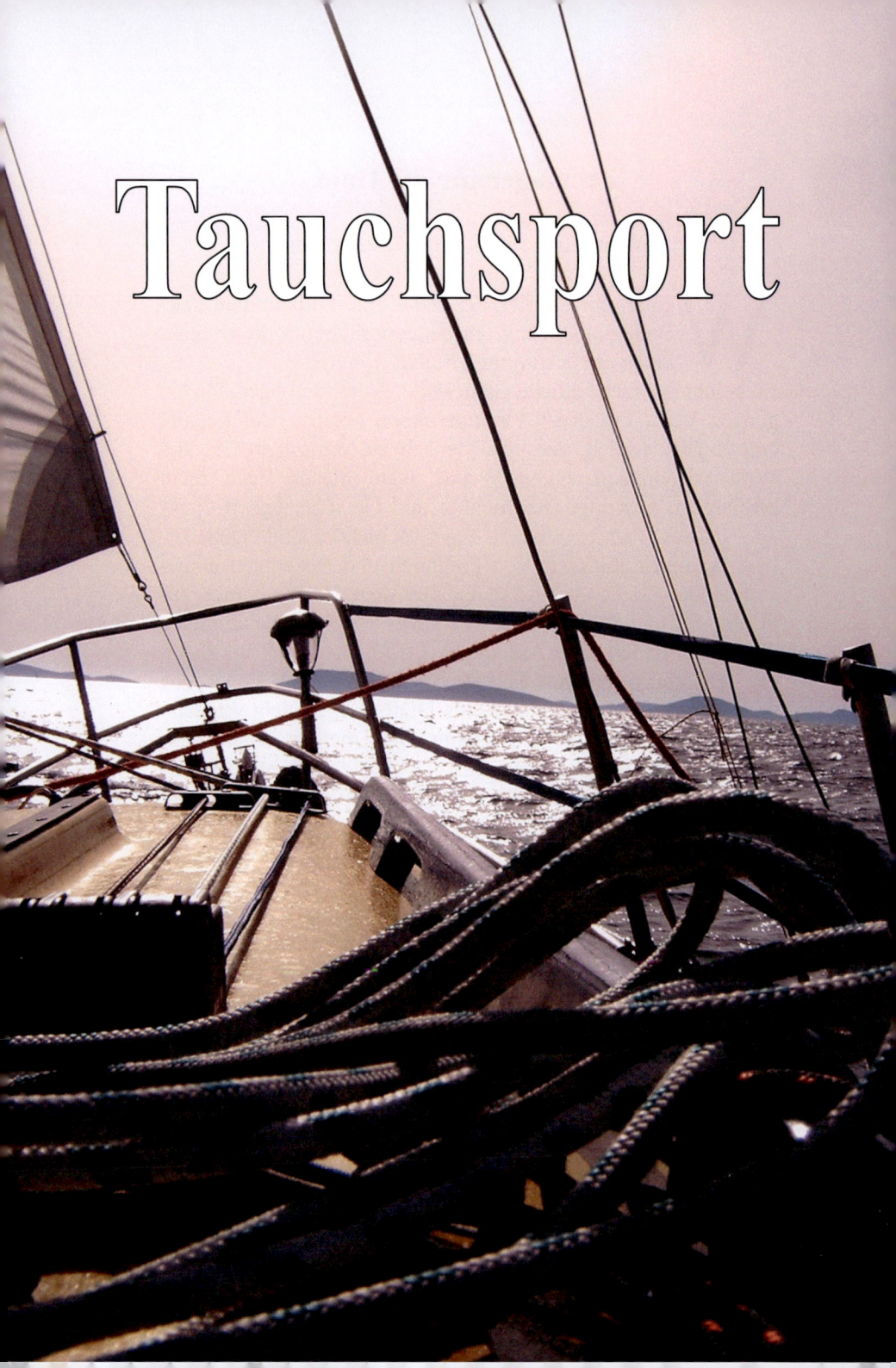

Zu mager für die Haie

„Bist du übergeschnappt? Du kannst doch die Essensreste hier nicht einfach ins Meer werfen!"

„Hab dich nicht so! Das fressen alles die Fische", konterte mein Mann.

Ich ärgerte mich, dass Jürgen sich so wenig Gedanken um die Umweltverschmutzung machte. Er war wie die meisten Leute: „Auf das bisschen Zeug von mir kommt es wirklich nicht an". Und das „Bisschen" konnte man hier leider überall sehen. In jeder noch so romantischen Bucht lagen Flaschen, Dosen, Beutel und der ganze „Wohlstandsmüll" herum. Es war nicht viel, aber mich störte das. Von weitem glaubte man immer, eine unberührte, einsame Bucht entdeckt zu haben. Ging man dann vor Anker verfing sich garantiert irgendein Fetzen Papier im Seil und rief uns zu: „Ätsch, wir waren eher hier!"

Doch heute hatte ich keine Lust, mich darüber aufzuregen. Jürgen kümmerte sich ums Essen. So hatte ich jetzt Zeit für mich und wollte Schnorcheln gehen.

Obwohl es warm war, zog ich meinen Surfanzug an. Damit fühlte ich mich einfach sicherer und traute mich in tieferes Wasser.

„Wenn dich die Haie sehen, verwechseln sie dich mit einer Robbe", lästerte Jürgen. Er spielte natürlich auf meine zwei Pfund Urlaubsspeck an, die ich mir angefuttert hatte. Das Essen schmeckte hier phantastisch.

Wir hatten in einer Bucht geankert, in der die Ufer rechts und links steil und felsig aus dem Meer ragten. Immer in Ufernähe schnorchelte ich an diesen schroffen Felsenwänden entlang. Und je länger ich in eine Felsspalte hinein sah, umso interessantere Lebewesen konnte ich entdecken. Manche Fische schienen ebenso neugierig auf mich zu sein wie ich auf sie.

Ganz nahe kamen sie an meine Taucherbrille heran und guckten mich an.

Während dieser stummen Zwiesprache hatte ich mich langsam aus der Bucht entfernt und war an den Rand des Tiefwassers geraten. Als ich meinen Blick vom Felsen löste und nach links schaute, blickte ich in unendlich scheinende Tiefe. Den Grund konnte ich hier trotz des kristallklaren Wassers nicht mehr ausmachen. Das Wasser färbte sich von grün zu einem milchigen Blau. Die Sonnenstrahlen versuchten, ein Stück weit Farbe hineinzuzaubern. Aber kein Fisch schwamm hier, an dem sich das Licht brechen konnte.

Gerade wollte ich mich abwenden, da sah ich einen Schatten durch das Wasser gleiten. Oder hatte ich mich getäuscht? Trotzdem schwamm ich lieber zurück. Mit meinen langen Taucherflossen kam ich ohne hastige Bewegungen schnell vorwärts. Instinktiv wollte ich mich möglichst wenig bewegen und herumzappeln. Denn dieser Schatten hatte mich an mein Erlebnis mit den Haien erinnert. Im vergangenen Jahr zu Pfingsten hatte ich beim Tauchen in 23 m Tiefe drei Blauhaie gesehen. Sie waren einem riesigen Fischschwarm gefolgt und wie Schatten durch den quirligen Silberstrom gesegelt. Blitzschnell waren diese wieder im Tiefwasser verschwunden, als sie mich und meine Tauchpartnerin entdeckt hatten.

Doch was hatte diesen Hai angelockt? Fische konnten es nicht gewesen sein. Wohl war mir nicht, aber Angst hatte ich keine. An die Schauermärchen mit Haien glaubte ich nicht.

Ganz ruhig schwamm ich auf unser Boot zu und sah mich unter Wasser nach allen Seiten um. Nichts! Bestimmt hatte ich mich getäuscht. Nur noch wenige Meter zum Boot. Ich schaute nach oben und sah Jürgen auf Deck stehen und mir zuwinken. Er fuchtelte mit den Armen und versuchte, mir mit Zeichen irgendetwas mitzuteilen und deutete immer wieder auf das Wasser. Da entdeckte ich eine dreieckige Rückenflosse. Also doch! Ich blieb bewegungslos im Wasser liegen und beobachtete.

Mindestens drei Haie, keine Riesen zum Fürchten aber größer als ich, umkreisten unser Boot. Schlagartig war mir klar, was sie angelockt hatte, die Fleischreste von unserem Mittagessen.

Für mich interessierten sie sich nicht, zumindest vorerst. War ich ihnen zu mager?

„Wie lange werde ich wohl regungslos hier ausharren müssen?" sinnierte ich mehr neugierig als ängstlich. Ans Ufer zu schwimmen hatte keinen Sinn. An den steilen Felsenwänden wäre ich nicht aus dem Wasser gekommen, und ich hätte womöglich damit erst noch „schlafende Hunde" geweckt. Also abwarten und ruhig bleiben. Eine andere Wahl hatte ich nicht.

Trotz der Gefahr, in der ich schwebte, beobachtete ich bewundernd dieses Schauspiel. Wie Segelflugzeuge am Sommerhimmel glitten sie lautlos ohne einen Flossenschlag dahin. Der ganze Körper bog und wand sich geschmeidig in jede Richtung. Am liebsten sah ich sie von hinten, wenn sie um den Bug unseres Bootes auf die andere Seite schwammen. Nur dauerte es nicht lange, und einer nach dem anderen kam hinter dem Heck wieder hervor.

Ihnen dann auf das halbmondförmige Maul schauen zu müssen, jagte mir jedes Mal einen Schauer über den Rücken. Und trotzdem faszinierte mich dieser Anblick.

Ab und zu hob ich meinen Kopf aus dem Wasser, um aufs Boot zu sehen.

Irgendetwas musste Jürgen sich einfallen lassen. Aber was? Er schien recht ratlos zu sein. Er lief auf Deck hin und her und verfolgte jede Bewegung der Haie. Doch als ich jetzt hochblickte, war er verschwunden. Das beunruhigte mich. Plötzlich fühlte ich mich alleingelassen.

Eine Ewigkeit verging. Endlich tauchte Jürgen aus der Kajüte auf und ging zum Bug. Von dort rief er mir zu: „Pass auf!"

In weitem Bogen warf er etwas ins Meer. Im Nu kochte das Wasser. Ich begriff.

Die Räuber stürzten sich auf unser Mittagessen. Das war meine Chance.

Schnell schwamm ich zur Leiter am Heck und kletterte auf Knien an Deck. Erst oben streifte ich die Flossen ab.

Kaum an Bord, trieb mich die Neugier, mir die Haie von Bord aus anzusehen. Diese kreisten noch immer vor dem Bug und warteten auf den nächsten Fleischbrocken.

Doch da ich in Sicherheit war, geizte Jürgen und wollte den Rest für das Mittagessen aufsparen. Eine Weile widerstand er den fordernden Gesten der Räuber. Doch dann sagte er: „Ach, was soll's! Fleisch kann ich mir jeden Tag kaufen, aber solch ein Erlebnis hat man nur einmal im Leben" und warf die letzten Brocken ins Wasser. Als ob die Haie jede unserer Bewegungen an Bord beobachtet hätten, schnappten sie schon nach den Leckerbissen, bevor diese das Wasser berührten. So friedlich sie eben noch miteinander das Boot umkreist hatten, so wild kämpften sie jetzt gegeneinander um jeden Happen.

Als einer sein Maul besonders weit aufriss und wir die rasiermesserscharfen Zahnreihen blitzen sahen, legte Jürgen seinen Arm um mich und sagte:

„Bin ich froh, dass noch alles an dir dran ist!"

In Seenot

Schon wieder trübte sich der Himmel ein, und ein dumpfes Grollen war zu hören. Den ganzen Tag über hatten Sonnenschein und Gewitterschauer einander abgewechselt. Stuhlkissen rein, Stuhlkissen raus. Dieses laufende Hin und Her hätte mich an manch anderem Tag aus der Ruhe gebracht. Doch diesmal konnte nichts meine Stimmung trüben. Meinen ersten Urlaubstag genoss ich in vollen Zügen. Und diese wechselnden Gesichter des Himmels faszinierten mich. Kaum zogen noch watteweiße Wolkenfetzen am Himmel entlang, schon ballten sie sich zu finsteren Wolkenbergen zusammen.
Sah das nicht aus, als regnete es auf der Insel dort vor uns? Ich holte mir das große Fernglas und setzte mich wieder in die Tür unseres Wohnmobils. Durch das Glas konnte ich deutlich Streifen peitschenden Regens erkennen. Schnell kam diese Wand näher, und bald trommelten Tropfen schwer auf unser Dach. Nur leicht hatte sich die Luft abgekühlt. So konnte ich in meinem dünnen T-Shirt hocken bleiben und weiter durch mein Fernglas starren.
Alles sah so plastisch und greifbar nahe aus, wie in einem meiner Kinderbücher.
Wenn ich die dazugehörige rot-blaue 3-D-Brille aufgesetzt hatte, traten die Bilder aus dem Buch hervor, als könnte ich hineingehen, durch die Wälder spazieren oder auf den Bergen herumkraxeln.

Die Möwen tanzten in der Luft zu einer stummen Musik, bald rhythmisch mit den Flügeln gegen den Wind schlagend, bald sanft driftend gleiten.
Wie ein Pfeil schoss ein Sonnenstrahl durch eine Wolkenlücke und zauberte einen gold glitzernden Fleck auf die gekräuselte Wasserfläche. Kaum entdeckt, verschwand der Zauber wieder, doch nur, um einem noch größeren Naturschauspiel Raum zu schaffen.

Wie mit einem riesigen goldenen Fächer breitete die Sonne ihre Strahlen aus und schickte einen immer größer werdenden Goldstreifen über das Wasser. Verzaubert träumte ich vor mich hin.

Etwas Vertrautes ließ mich aufhorchen, ein Motorengeräusch, das nicht von einem der Boote stammen konnte. Ein Klang wie Musik für meine Ohren. Mit dem Feldstecher suchte ich den Himmel ab. Kurz vor dem Ufer der gegenüberliegenden Insel entdeckte ich ein kleines Flugzeug, der Größe und dem Klang nach ein einmotoriges, mit bloßem Auge kaum zu sehen und für ein ungeschultes Ohr nicht zu hören.

Ich freute mich, etwas entdeckt zu haben was nur mir gehörte, zumindest für einen Augenblick, ein Bild nur für mich allein.

Ich folgte der Maschine mit meinen Blicken und Gedanken. Ich sah mich selbst als Pilotin und schaute durch die Cockpitscheiben auf ein endloses Band türkisblauen Wassers, unterbrochen von kleineren kargen Steininseln und auch größeren, saftig grünen. Seitlich rechts unter mir die Insel Cres.

Ich bewunderte den Mut des Piloten. So tief würde ich hier bestimmt nicht fliegen. Oder war das gar keine Absicht? Denn ganz deutlich hörte ich jetzt, dass der Motor stotterte und plötzlich ganz aussetzte. Aus dieser Höhe kann er doch keinen Notlandeplatz auf der Insel finden, dachte ich mir. So viel Sachverstand hatte ich jedenfalls.

Ich fieberte mit dem Piloten mit, und obwohl ich ihn nicht kannte war mir zumute, als würde uns beide etwas verbinden. Fast körperlich spürte ich den Schmerz dieses Fliegers, der sich von dieser und seiner Welt verabschiedete. Er wusste sicherlich, dass er auf ein Wunder nicht zu hoffen brauchte. Auch mir war das klar. So hilflos hatte ich mich noch nie gefühlt. Ohnmächtig musste ich zusehen, wie ein Mensch ums Überleben kämpfte. Und dieser Mann kämpfte.

Er drückte die Nase des Flugzeuges nach unten, um Fahrt aufzunehmen, damit die Maschine nicht ins Trudeln kam.

14

Kurz über der Wasseroberfläche fing er sie wieder ab und setzte auf. Wasser spritzte nach allen Seiten.

Das Ganze hatte nur wenige Sekunden gedauert. An das Einleiten von Rettungsmaßnahmen dachte ich erst jetzt. Unsere Handys funktionierten hier auf unserem Campingplatz nicht. Ich erklärte alles so genau wie möglich unseren Nachbarcampern, zeigte ihnen durch mein Fernglas das Flugzeug, das noch kurz vor der Landzunge einer kleinen Insel schwamm. Sie versprachen mir, die Polizei zu informieren.

Ich stellte unsere Tauchausrüstung bereit. Zum Glück ließ Jürgen nicht lange auf sich warten. Ich trieb ihn zur Eile: „Mach schnell! Dort vor der Insel ist gerade ein Flugzeug abgestürzt. Wir müssen unbedingt hin. Vielleicht können wir helfen."

Jürgen fragte nicht lange. Er glaubte mir und beeilte sich. Wir zogen unsere Neoprenanzüge an und schleppten Flaschen, Jackets und die ABC-Geräte zum Boot, das wir uns für eine Woche ausgeliehen hatten. Bevor wir starteten, peilte Jürgen mit dem Kompass die genaue Richtung an,

und ich prüfte mit dem Fernglas, ob das Flugzeug noch da war. Entweder war es vom Bootssteg nicht so gut zu sehen, oder es ging allmählich unter.

Beim ersten Versuch kam der Motor, und wir braußten los. Das Boot fegte über das Wasser. Doch nach fast einer Stunde waren wir noch immer nicht am Ziel. Die Insel kam und kam nicht näher. Ein Glück, dass Jürgen gut mit dem Kompass umgehen konnte. Wir hatten bestimmt noch die richtige Richtung. Darauf konnte ich mich verlassen.

Endlich kamen wir an die Landzunge. Doch von einem Flugzeug war weit und breit nichts zu sehen. „Wer weiß, was du gesehen hast?" zweifelte Jürgen. Doch ich ließ mich nicht aus der Ruhe bringen und versuchte, ihn davon zu überzeugen, das Gebiet vor der Insel abzusuchen.

Die Sicht in die Tiefe war hier hervorragend, um die 20 Meter bei ruhigem Wasser wie heute. Mit langsam tuckerndem Motor suchten wir den Uferstreifen ab. Nichts!

„Wenn wir noch eine Weile hier herumgondeln, geht uns der Sprit aus und du kannst zurückpaddeln", gab Jürgen zu bedenken. „Dann schalte den Motor ab und lass mich mit dem Paddel suchen. Wenn wir dann nichts gefunden haben, gebe ich auf", versprach ich.

Kaum hatte ich die ersten paar Meter geschafft, sah ich etwas Helles schimmern. „Wirf den Anker! Hier ist es!" rief ich aufgeregt. Ganz deutlich konnte ich die Umrisse eines Flugzeuges erkennen.

Als sich unser kleines Boot am Ankerseil in den Wind gedreht und beruhigt hatte, kamen auch wir zur Besinnung. Was wollten wir eigentlich tun? Wir sahen uns an und sprachen kein Wort. Uns war klar, dass hier jede Hilfe zu spät kam.

„Komm, wir tauchen wenigstens mal und schauen nach, was das für eine Maschine ist und wie viel Leute drin sind", schlug Jürgen vor. Mir machte der Gedanke Angst, womöglich meinem Piloten in die toten Augen sehen zu müssen. Trotzdem überwand ich mich und legte meine Taucherausrüstung an. Denn es war schon wichtig zu erfahren, was für eine Maschine hier abgestürzt war, um Hinterbliebene informieren zu können.

Jürgen war schon wieder im Wasser und trieb mich zur Eile an. Ich prüfte nochmals alle Schnallen, pumpte Luft auf das Jacket und ließ mich rücklings ins Wasser fallen, Brille und Regler mit der rechten Hand festhaltend. Über mir schlug das Wasser zusammen, aber im Nu war ich wieder an der Oberfläche.

Wir gaben uns das „Ok-Zeichen" und tauchten ab. Ich hielt meinen Inflatorschlauch nach oben, drückte auf den roten Knopf und ließ die Luft aus dem Jacket.

Langsam sank ich in die Tiefe, in das Reich der Stille.

Nur das Ausströmen der Luft verursachte leise Geräusche.

Wir sanken tiefer und tiefer. Die felsige Steilküste setzte sich unter Wasser fort, ab und zu kleine Felsvorsprünge, auf denen sich lilafarbene kleine Fische im Sonnenlicht tummelten und tiefe Schluchten, in denen man den Grund nicht erkennen konnte, nur tiefblaues immer dunkler werdendes Wasser. Frei schwebend glitten wir über diese Abgründe hinweg und erreichten in 23m Tiefe das Wrack. Es lag auf einem Felsvorsprung und drohte, jeden Moment abzurutschen. Vorsichtig umschwammen wir das Flugzeug, um die Kennung zu erlesen. Jürgen war schon um das Heck herum, als ich ein Klopfen hörte. Was war passiert? Warum gibt er mir Klopfzeichen? Das hatte er noch nie gemacht. Aber schon kam er aufgeregt hinter dem Heck hervor. Er hatte geglaubt, ich habe ihm Zeichen gegeben. Bevor wir uns wundern konnten, klopfte es wieder. Es klang wie Morsezeichen. Ich war nahe daran, Panik zu bekommen. So schreckhaft, wie ich sonst beim Tauchen bei jeder Kleinigkeit bin, so brachte mich dieses Klopfen beinahe um den Verstand. Doch Jürgen behielt die Nerven und mir blieb ebenfalls nichts weiter übrig, als mich wieder zu beruhigen. Wir mussten herausbekommen, woher das Hämmern kam.

Wir schwammen dicht an die Kanzel heran und schauten durch die Cockpitscheiben. Wir konnten nichts entdecken und glitten auf die linke Seite, die etwas schräg nach oben zeigte. Diesen Anblick werde ich mein Lebtag nicht vergessen. Aus einer Luftblase schaute uns mit hoffnungsvollen Augen der Pilot entgegen.

Nun hieß es schnell handeln und keinen Fehler begehen.

Jetzt machte sich Jürgens harte Ausbildung bei den Fallschirmjägern bezahlt. Instinktiv hatte er aus dem Boot ein Seil mitgenommen. Damit das Flugzeug nicht abrutschen konnte, legte er eine Schlinge zuerst um einen Felsvorsprung und knüpfte dann das andere Ende an einer Strebe der Tragfläche fest.

Erst jetzt kam er zu mir zurück. Ich hatte mich nicht aus dem Blickfeld des Piloten entfernt, um ihm Sicherheit zu geben. Doch wie sollten wir ihn hier herausbringen?

Die Tür könnten wir nur aufbekommen, wenn das Flugzeug vollständig geflutet würde, aber ob der Pilot so lange die Luft anhalten könnte? Wohl kaum in dieser Situation!

Ich hob einen großen Stein auf, gab ihn Jürgen, zeigte ihm, er solle die Scheibe einschlagen.

Ich könnte dann dem Piloten meinen Atemregler in den Mund geben. Wir hatten einander verstanden. Nun mussten wir dem Piloten unseren Plan beibringen. Ich sah ihm in die Augen und hoffte, dass er noch Kraft genug hätte, unsere Zeichen zu verstehen. Ich nahm meinen Atemregler aus dem Mund, hielt diesen an die Scheibe, Jürgen deutete mit dem Stein an, die Scheibe einzuschlagen. Der Pilot nickte.

Ich nahm das Mundstück meines Octopus in den Mund und hielt meinen Atemregler weiterhin in Sicht- und Greifweite an die Scheibe. Ganz wohl war mir bei dem Gedanken nicht. Was, wenn der Pilot in Panik geriete? Doch irgendwie hatte ich Vertrauen zu ihm. Jürgen forderte mir das „Ok-Zeichen" ab und schlug so kräftig es unter Wasser ging auf die Scheibe ein. Durch den Unterdruck in der Kabine klappte es auf Anhieb. Strudelnd drang das Wasser ein und drückte eine riesige Luftblase nach außen. Jetzt gab es kein Zurück. Auf Gedeih und Verderb musste ich das Risiko eingehen. Ich drückte dem Piloten meinen Atemregler an den Mund. Der schnappte danach und sog erlöst die Luft ein. Nun hoffte ich nur noch, dass Jürgen recht schnell die Tür aufbekäme. Ich gab uns maximal noch eine Viertelstunde. Für mehr würde meine Luft nicht reichen. Aber es bewegte sich absolut nichts. Da stimmte etwas nicht. Die Tür hätte aufgehen müssen, oder sie war durch den Aufprall verklemmt. Ich sah Jürgen auf die rechte Seite schwimmen.

Hier war es allerdings riskant, denn die war dem Abgrund zugewandt.

Doch Zeit für lange Überlegungen blieb nicht.

Nur schemenhaft konnte ich Jürgen hantieren sehen. Endlich war die Tür auf, und er reichte an den Piloten heran. Er gab ihm Zeichen, sich von meinem Atemgerät zu trennen und reichte ihm seins. Ich war froh, dass der Pilot nicht lange zögerte und auf alle Zeichen gefasst und verständig reagierte.

18

Nicht auszudenken, wenn er Panik bekommen hätte. Jürgen fasste ihn am Hosenbund und zog ihn aus dem Flugzeug.
Nun sah ich beide nicht mehr. Ich fühlte mich plötzlich alleingelassen. Angst kroch in mir hoch. Ich konnte die beiden nirgends entdecken. „Hoffentlich sind sie nicht in die Tiefe gesunken!" dachte ich voll Angst. Hektisch drehte ich mich mehrmals um meine eigene Achse und suchte das Wasser unter und neben mir ab. Keine Luftblasen!
Vor Aufregung hatte ich nicht nach oben geschaut. Dort entdeckte ich sie endlich. Schnell gab ich etwas Luft auf mein Jacket und stieg flossenschlagend senkrecht nach oben. Im Nu hatte ich die beiden eingeholt. Ich ließ wieder etwas Luft ab, um nicht zu schnell aufzusteigen. Langsam, aber ohne Dekostopp erreichten wir die Oberfläche, zum Glück nur wenige Meter neben dem Boot. Ich war zuerst an der Leiter und quälte mich hinein. Schnell legte ich mein Jacket ab, um den beiden zu helfen.
Mit letzter Kraftanstrengung erklomm der Pilot das Boot, von mir gezogen und von Jürgen an die Leiter gedrückt. Wie ein nasser Sack platschte er zu Boden und blieb erschöpft liegen.
Müde und erleichtert schälten wir uns aus unseren Anzügen. Jürgen ließ den Motor an und langsam tuckernd schaukelte uns das Boot zurück zum Strand.

Luftsport

Davongekommen – nichts begriffen

An meinen 183. Fallschirmsprung erinnere ich mich besonders gern. Jeder Sprung war spannend, wunderschön und meist aufregend. Doch an diesen einen bleibt die Erinnerung wach, als wäre es erst gestern gewesen. Gern erzähle ich davon, aber am liebsten Unkundigen. Denn wer etwas vom Fallschirmsport versteht, schüttelt ungläubig mit dem Kopf. Selbst mein Mann meint: „Du spinnst!"

Am 22. Mai 1973, ich hatte nur bis zum Mittag Dienst, wollte ich versuchen, gleich nach der Arbeit ein, zwei Sprünge zu schaffen. Um meine Sachen brauchte ich mich nicht zu kümmern. „Nimm bitte meine Schirme mit zur Packzone!" hatte ich Jürgen schon am Wochenende zuvor gebeten.

Das Wetter zeigte sich von seiner besten Seite, wenig Wind und strahlender Sonnenschein. Die Uhrzeiger bewegten sich im Schneckentempo. Endlich war es so weit, Mittag! Eilig schwang ich mich auf meine „Schwalbe" und düste Richtung Karl-Marx-Stadt zum Flugplatz. Eine reichliche halbe Stunde später stellte ich dort mein Moped ab und stürmte zur Packzone. Jürgen wartete schon auf mich. „Komm beeil dich. Du kannst schon im nächsten Start mit einsteigen."

Er verstand es schon immer prächtig, meine Hektik noch anzustacheln. Schnell fuhr ich in meine Sprungstiefel, zog die Kombi an und wollte meinen Schirm anlegen. Da fiel mein prüfender Blick auf das Packsiegel des Rettungsgerätes.

„Auch das noch", fluchte ich still. Die Packzeit für das Ersatzgerät war abgelaufen. „Jetzt kann ich meinen Sprung vergessen. Ehe ich den Schirm neu gepackt und versiegelt habe, ist der Sprungbetrieb zu Ende", grummelte ich in mich hinein. Ich weiß nicht, welcher Teufel mich geritten hatte. Jedenfalls schielte ich unauffällig nach allen Seiten, ob mich jemand beobachtete und schwups hatte ich den dünnen Zwirnsfaden abgerissen.

Schnell schrieb ich ein neues Datum auf ein Stück Paketklebeband, unterschrieb und wickelte einen neuen roten

Faden um die Kegel und Stifte der Öffnungsvorrichtung, befestigte das Klebeband und schon sah alles wieder perfekt aus. „Wer will mir nachweisen, wann ich das Siegel angefertigt habe", frohlockte ich. Und bis dahin hatte ich noch nie einen Rettungsschirm gebraucht.

Schnell legte ich meine Ausrüstung an, ergriff Helm und Handschuhe und eilte zum „Start". Der verantwortliche Fallschirmsprunglehrer prüfte mit geschultem Blick meine Ausrüstung. Alles in Ordnung.

Die AN-2 landete und meine Sprunggruppe konnte einsteigen. Ich lief als erste in Richtung Flugzeug, stieg ein und setzte mich auf den hintersten Platz, weil ich als Leichteste zuletzt aussteigen musste.

Langsam tuckerte der Doppeldecker zur Start- und Landebahn. Ich lehnte mich zurück und sog diesen eigenartigen Geruch von Öl und Metall tief ein. Nichts Schöneres gab es für mich; das Dröhnen dieser alten russischen Maschine und diesen „Duft".

Ich döste vor mich hin, saß einfach da und vergaß Gott und die Welt.

„Fertigmachen zum Absprung!" tönte es von vorn. Der erste Springer stellte sich an die Tür und nach und nach verließen die Sprungschüler die Maschine.

Der Pilot gab nochmals Gas und die AN schraubte sich auf die nächste Absprunghöhe. Als eine Höhe von 1 800m erreicht war, setzten sich die Lizenzspringer ab. Erst als mein Vordermann an der Tür stand, holte mich die Wirklichkeit ein. Schnell prüfte ich die Steckschlösser, ob alle Gurte geschlossen waren. Aber für eine gründliche Kontrolle hatte ich nun keine Zeit mehr. Schon war ich ganz allein im Flugzeug.

Der Pilot gab mir ein Zeichen, als er den Absetzpunkt erreicht hatte. Ich zögerte den Absprung noch etwas hinaus, weil ich mit meinen 50Kilo Körpergewicht viel länger in der Luft bleiben konnte als alle anderen Springer. „Jetzt!" rief ich mir zu und stieß mich kräftig ab.

Glücklich und befreit winkte ich der „Anna" zu, deren „Nase" der Pilot gleich nach meinem Absprung nach unten gedrückt hatte, um Höhe abzubauen.

Um mich herum wurde es still. Das Rauschen der Luft war das einzige Geräusch, das aber die Stille noch unterstrich.

Vergessen war der Alltagsstress.

Ich fühlte mich frei, frei, frei ...

Irgendwann erinnerte mich mein Zeitgefühl daran, auf die Stoppuhr zu sehen.

Erst 23 Sekunden. „Fünf Sekunden kann ich mir noch zubilligen bei meinem Fliegengewicht", dachte ich mir. Doch als ich wieder auf die Uhr schaute, traute ich meinen Augen nicht. Der Uhrzeiger stand noch immer bei 23. Beim Blick auf den Höhenmesser stellte ich entsetzt fest, dass ich nur noch 500m hoch war. Bei meinem Schirmtyp aber war eine Mindestöffnungshöhe von 700m vorgeschrieben. Allerhöchste Zeit zum Öffnen!

Ruckartig zerrte ich am Griff. Dabei bekam ich eine ziemlich schlechte Lage, und der Entfaltungsstoß war entsprechend gewaltig. Der Schirm öffnete sich problemlos. Voller Erleichterung genoss ich das Karussellfahren.

Durch meine Schräglage hatten sich die Fangleinen bis zum Basisrand eingedreht. Wie früher als Kind auf meiner Schaukel ließ ich mich wie ein Kreisel nach links und rechts und wieder und wieder drehen, bis ich ordentlich am Schirm hing.

Mit einem kurzen Blick kontrollierte ich nochmals die Kappe und wollte mich endlich auf die Landung vorbereiten.

Da sah ich, wie der Verzögerungssack*

über den Rand der Fallschirmkappe rutschte und länger und länger wurde.

Was war passiert?

Durch den gewaltigen Entfaltungsstoß war die Gummileine gerissen. Jetzt hing der Sack nur noch an dem langen Schlauchband, das den Gummi vor Beschädigungen schützte.

Und dieses rutschte nun über den Rand der Kappe herunter. Ich musste zusehen wie mir mein Schirm zugeschnürt wurde. Alles ging blitzschnell. Und ich rauschte wieder fast ungebremst auf die Erde zu. Ich sah in Gedanken nur noch meinen kleinen Sohn vor mir und machte mir bittere Vorwürfe, ihm und meiner ganzen Familie dieses Leid zufügen zu müssen. Dass ich hier kaum Chancen hatte, lebend davonzukommen, war so sicher wie das Amen in der Kirche. Doch was soll`s, dachte ich mir, Ruhe bewahren und alles auf eine Karte setzen!

Ich griff zu den Schnelltrennverschlüssen*. Verdammt! Über dem linken Verschluss lag der Kabelschlauch. Ich schob ihn zur Seite, drückte beide Schlösser gleichzeitig. Aber nur ein Gurt löste sich. Geistesgegenwärtig hatte ich den davonfliegenden Gurt mit einer Hand erfasst, schlug mit der freien Hand gegen den noch fest hängenden Gurt.

Der Schirm sauste himmelwärts. Die Bäume rasten auf mich zu. Deutlich konnte ich schon in dem Grün die Blätter unterscheiden. Blitzschnell zerrte ich am Griff des Rettungsgerätes. Die weiße Kappe flog an mir vorbei, entfaltete sich mit einem heftigen Schlag. Ich wurde nach oben gerissen.

Zum Gleiten am Schirm kam es nicht mehr. Ich schlug unsanft auf dem Boden auf. Der Schirm schwebte langsam wie eine weiße Schönwetterwolke hinter mir zu Boden. Ich stand auf. Alle Knochen waren heil. Nichts war passiert.

In aller Ruhe legte ich mir die Fangleinen vorschriftsmäßig hinter dem Kopf über die Schultern und den Schirm in Achterschleifen über die ausgestreckten Arme.

So stapfte ich Richtung Landeplatz und meldete mich beim verantwortlichen Sprunglehrer zurück. Als ich mein Bündel erschöpft auf die Packplane warf, fingen meine Knie an zu zittern. Zu heulen begann ich erst, als Jürgen auf mich zu kam und sagte: „Da wird heute nichts mehr aus dem zweiten Sprung. Ehe du beide Schirme gepackt hast, ist der Sprungbetrieb vorbei."

* Verzögerungssack: Die Fallschirmkappe steckte in einem schlauchähnlichen Sack, der mit einer Gummileine an der Kappe befestigt war und nach der Öffnung darauf liegen blieb.

* Mit Schnelltrennverschlüssen können mit einem Klick die Gurte gelöst und die Kappe abgeworfen werden.

Gleitschirmfliegen in Rana

Glück gehabt

18 Jahre noch bis zur Rente, eine Unmenge Zeit. Hatte ich mir doch vorgenommen, wenn ich 60 bin und als Rentner in den Westen darf, versuche ich, an einem Drachenfliegerlehrgang teilzunehmen.

1990 war plötzlich alles anders. Seit einem halben Jahr konnten wir nicht nur frei reisen, kein Stacheldraht hinderte uns, sondern alles, was wir uns gewünscht hatten gab es, nicht nur volle Kaufhäuser, sondern auch Zeitungsartikel wie diesen: „Wer möchte das Abenteuer Gleitschirmfliegen erleben?"

Natürlich wollten wir. Wir meldeten uns sofort an. Mein Mann war ebenso begeistert. Und schließlich war es egal, ob Drachen- oder Gleitschirmfliegen.

Im Mai fuhren wir nach Oberwiesenthal, zahlten unsere Gebühren für den Schnupperkurs und rannten, einen Gleitschirm hinter uns herschleifend, die Bergwiesen hinab.

Mit Fliegen hatte das recht wenig zu tun. Enttäuschend! Wir fühlten uns ein wenig veralbert. Doch in dieser Landschaft bei diesen Windverhältnissen konnte das nicht besser laufen.

Jonas und Eberhard, die beiden Fluglehrer, luden uns ein, nach Italien zu kommen und dort den L-Schein zu machen und den A-Lehrgang zu absolvieren. Im Juli fuhren wir Richtung Süden. Erstaunlich schnell waren wir mit unserem rot-weißen Dacia am Ziel. Italien war also doch nicht am Ende der Welt.

In der Pizzeria „Hinteregger" trafen wir Jonas. Das Abenteuer Gleitschirmfliegen konnte beginnen. Ein Erlebnis prägte sich mir besonders tief ein. Es ging wieder einmal um Leben und Tod.

Die ersten Höhenflüge waren recht gut verlaufen. Zugegeben, Kribbeln im Bauch und Angstschweiß auf der Stirn machten mir ganz schön zu schaffen.

Jedes Mal fragte ich mich am Startplatz, wieso tue ich mir das an? Die Angst war meist stärker als das Glücksgefühl, das einem ein gelungener Flug bescherte.

Besonders mulmig wurde mir immer, wenn ich eine Thermikblase erwischte, der Schirm wie ein Motorrad knatterte und wieder Auftrieb bekam.

Doch am Landeplatz war alles vergessen. Ich packte mein Bündel und zwängte mich in eins der Autos, um mich zum nächsten Start kutschieren zu lassen.

Am Startplatz angekommen, breitete ich sorgfältig meinen Gleitschirm aus. Dass es nicht das neueste Modell war, hatte ich schon mitbekommen. Der Stoff war verwaschen und die Fangleinen waren recht dick. Bei den neueren Schirmen knisterte und raschelte der Stoff wie trockenes Herbstlaub. Die Leinen waren dünn und griffen sich an wie Paketschnur. Vor allem störte mich, dass mein Gerät keine guten Flugeigenschaften besaß. Während die Studentinnen, die alle größer und schwerer waren als ich, mit ihrem Schirm viel länger in der Luft bleiben konnten, hatte ich bei jedem Flug zu tun, mich über den Wald zu hungern. Doch was soll`s, dachte ich mir. Jonas wird schon wissen, warum er gerade mir diese alte Möhre gegeben hat. Schließlich besitzt er jede Menge Erfahrung als Gleitschirmlehrer.

Ich legte mein Gurtzeug um, kontrollierte meine Kappe und die Lage der Fangleinen und wartete auf günstigen Wind.

Der Windsack blähte sich leicht auf. Idealer Wind von vorn. Drei Laufschritte, leicht anbremsen und schon hob ich ab. Ich sah nach oben und kontrollierte Schirm und Fangleinen. Alles in Ordnung. Gefahr von anderen Fliegern drohte mir auch nicht. Es konnte also ein ruhiger, angenehmer Flug werden.

Aber das war weit gefehlt. Plötzlich merkte ich, dass mein anvisierter Landeplatz einfach nicht näher rückte. Ich hatte zu wenig Vortrieb.

„Ach du Sch…, hier komme ich niemals über den Wald. Das wird eine glatte Baumlandung", sagte ich laut zu mir. Mir war ziemlich flau im Magen. Wie sollte ich in diesem Hochwald heil zur Erde kommen. Ich konnte nur hoffen, fest an einem Baum hängen zu bleiben und auf Hilfe zu warten.

Aber darauf wollte ich mich nicht verlassen. Ich schaute mich nach einer Lösung um.

Aufatmend entdeckte ich eine kleine Lichtung, die ich erreichen könnte.

Zielgerichtet steuerte ich die Lichtung an. Ich kam besser voran, als ich erwartet hatte. Erleichtert bereitete ich mich auf die Landung vor. Ich kam hoch genug über die Baumwipfel auf die Lichtung zu, bremste leicht an und sah mich plötzlich einer Hochspannungsleitung gegenüber. Mir blieb fast das Herz stehen. In Bruchteilen von Sekunden checkte ich ab, wie ich heil aus dieser Situation herauskommen könnte. Für ein Darüberwegschweben war ich schon zu tief, drunter durchzukommen war unmöglich. Ein Hängenbleiben schien unvermeidlich. Instinktiv zog ich an den Bremsleinen so stark, dass der Schirm plötzlich stehen blieb und wie ein Stein mit mir zu Boden fiel. Allemal besser alle Knochen zu brechen als an der Stromleitung verglühen, dachte ich noch bevor ich aufschlug.

Ich hatte Glück. Der Boden der Lichtung fiel steil ab. Beim Aufprall rutschte ich nach hinten weg und fast ohne Blessuren stand ich bald auf meinen Füßen. Es war nicht zu fassen. Wieder hatte ich dem Schicksal ein Schnippchen geschlagen.

Ich packte mein Bündel und lief los. Die Lichtung war klein und von dichtem Wald umgeben. Schnell erreichte ich den Waldrand. Doch ich konnte nicht weiter. Eine tiefe Schlucht versperrte mir den Weg. Hier war es zu gefährlich. Ich sah mich um. Nirgends entdeckte ich einen Pfad. So entschloss ich mich, einfach immer aufwärts zu gehen.

Hatte ich noch vor wenigen Minuten starke Nerven bewiesen, verzweifelte ich jetzt an dieser Kleinigkeit. Ich heulte wie ein kleines Kind und lief und lief und lief.

Mir erschien es wie eine Ewigkeit. Um mich herum nahm ich nichts mehr wahr, alles war tränenverschwommen. Darum erschrak ich auch heftig, als plötzlich ein Junge vor mir auftauchte. Er stand da und feixte. Sicher hatte er mich schon eine Weile beobachtet. Ich war wütend.

Dieser Bursche machte sich lustig über mich. Ich schluckte. Doch schließlich schaute ich dem Jungen ins Gesicht. Da war nur Freude, keinerlei Arglist. Erleichtert lächelte ich zurück. Er zeigte mir den Weg. Da war mir auch klar, warum dieser Knabe schmunzelte. Wir standen einen Steinwurf von der Straße entfernt. Er hatte gut lachen. Er kannte sich hier aus.

„...flieg nach Helgoland!"

Kaum acht Wochen war mein Flugschein alt. 35 Stunden praktische Ausbildung und 80 Stunden Theorie lagen hinter mir. Ich hatte es geschafft. Mit über 50 Jahren hatte ich endlich meinen größten Kindheitstraum verwirklichen können. Ich erinnere mich noch genau daran. Ich stand auf der Freitreppe vor meinem Kindergarten und schaute sehnsüchtig einem Flugzeug hinterher. Diese Sehnsucht grub sich tief in meine Seele ein. Statt irgendwann zu verblassen, quälte sie mich von Jahr zu Jahr mehr. Nun endlich hatte die „liebe Seele ruh".

Ein Ultraleichtflugzeug nannte ich mein Eigen. Damit wollte ich einen Rundflug zur Insel Helgoland starten.

Einige Alleinflüge lagen schon hinter mir. Ich konnte mir ohne Bedenken diese Strecke zumuten.

Bester Laune rollte ich mit meiner „Anna" – so hatte der Vorbesitzer mein Flugzeug genannt – zum Rollhalt. Bald bekam ich die Starterlaubnis und gab Gas. Gleichmäßig tuckernd holperte „Anna" immer schneller werdend über die Startbahn. Schließlich hob sie ab und gewann mehr und mehr an Höhe. In 2000 Fuß über Grund pegelten wir uns ein. Nicht zu hoch und nicht zu tief.

Die Landschaft, Tiere und Menschen konnte ich noch gut sehen.

Bald ließ ich den Nordseestrand hinter mir. Über und unter mir leuchtendes Blau. Glitzernd spiegelte sich die Sonne im Wasser. Ein Bild voller Harmonie.

Ich genoss die Ruhe und träumte. Nur das Motorengeräusch drängte sich gleichmäßig tuckernd in mein Bewusstsein.

Als wäre ich schon mein Leben lang geflogen, kontrollierte ich die Instrumente und korrigierte die leichte Abdrift. Ich fühlte mich sicher und unverletzlich.

„Was ist denn das?" murmelte ich. Vor mir leuchtete das Wasser rostrot. Oder strahlte der Himmel purpurn? Dieses Farbwunder klärte sich schnell auf.

31

Ich konnte deutlich Felskonturen unterscheiden. Das musste die Insel Helgoland sein.

„Helgoland: Nordseeinsel der BRD; 45 km vom Festland aus Buntsandsteinblock; bis 58 m aus dem Meer ragend; 2,1 km²" So trocken las sich die Beschreibung Helgolands in meinem alten Lexikon aus DDR-Zeiten. Unter Buntsandstein konnte ich mir damals nichts vorstellen.

Jetzt schon. Die ganze Insel ist ein einziges buntes Farbenspiel. Dieser rostrote riesige Felsblock erhebt sich kraftvoll aus dem Meer. Blau und silbern glitzernde Wellen planschen über den schmalen Sandstreifen bis an die Steine heran.

Saftig grüne Wiesen bedecken die knappen freien Flächen.

An den Steilhang der Südseite kuscheln sich mehrstöckige Häuser. Eng aneinandergeschmiegt drängen sie sich vom flachen Uferteil aus bis dicht an den Hang. Dort oben thront eine ebenso große Anzahl kleiner Siedlungs- und Einfamilienhäuser. Eine Kirchturmspitze lugt hervor. Obwohl sie die Häuser weit überragt, macht sie den Eindruck, als ob sie inmitten der Häuser Schutz vor Stürmen suche.

Zwei Straßen rahmen die beiden Ortsteile ein. Diese führen zu den Häfen, die für die wenigen Einheimischen viel zu großzügig erscheinen.

Hier fiel mir wieder ein, dass ich in meinem alten Lexikon gelesen hatte „2 400 Ew. Fremdenverkehr".

Sicher um Platz für Besucher zu schaffen waren die Hafenbecken so groß angelegt worden und sahen deshalb so einladend aus.

Ich flog bis zur Nordspitze, wendete und hielt mich immer an der Felskante.

Am rot-weißen Funkmast machte ich noch eine Linksbiege, kurfte rechts um den Leuchtturm und verabschiedete mich mit einem Gruß von der Insel.

Während des Rückflugs trübte sich der Himmel leicht ein.

Beim Zurückschauen musste ich enttäuscht feststellen,

dass von dem prächtigen Farbenspiel nichts übrig geblieben war. Alles versank in milchigem Nebel.

Doch in meiner Erinnerung nahm ich das leuchtende Helgoland mit.

Flug über die Augustusburg

Rapslandung

„Verdammt noch mal, wieso werde ich denn nicht langsamer!" fluchte ich in Gedanken vor mich hin und versuchte, mir äußerlich nichts anmerken zu lassen. Schließlich hatte ich die Verantwortung für zwei Fluggäste, eine ältere Dame, die den Flug zu ihrem 75sten Geburtstag bekommen hatte und deren Sohn. Und im Ohr klangen mir noch immer Georgs Worte: „Mach mir ja die MF nicht kaputt!"
Beim ersten Landeanflug war ich schon zu schnell gewesen und hatte durchstarten müssen. Jetzt hatte ich einen besonders langen Endanflug gewählt, um Zeit zu haben, genug Geschwindigkeit abzubauen. Es war wie verhext. Die Nadel des Fahrtmessers hielt sich stur außerhalb des weißen Bereichs. Ich konnte die Landeklappen nicht setzen.
Die Vergaservorwärmung war gezogen, die Umdrehungen von 1500 stimmten ebenfalls.   Ich ging in den Steigflug.
Endlich! Die Nadel befand sich bald im weißen Bereich. Ich fuhr die Landeklappen aus. Nun hatte ich ein gutes Gefühl, setzte den Landeanflug normal fort und konnte die Klappen voll ausfahren. Ich nahm das Gas raus und genau auf der Schwelle der 07 berührte das Fahrwerk den Boden.
Gott sei dank!
Ich spürte förmlich die Erleichterung bei meinen Fluggästen.

Ich kann es mir heute noch immer nicht so richtig erklären, was ich falsch gemacht hatte. Plötzlich schaukelte sich die MF auf, sprang wie ein Känguru und wurde nicht langsamer.
An der Halbbahnmarkierung rief mir der Flugleiter über Funk zu: „Durchstarten!". Mir blieb auch gar keine andere Wahl.
Ich beruhigte meine Fluggäste und erklärte ihnen, dass es sicherer sei, noch einen Anflug zu machen.
Ich schob das Gas bis zum Anschlag rein und hob kurz vor Ende der Landebahn wieder ab. Vor mir eine langes Rapsfeld und dahinter die Häuser von Jahnsdorf.

Der Ort kam immer näher, doch ich gewann nicht an Höhe wie ich es sonst gewöhnt war. Das konnte auch nicht anders sein, denn beim Durchstarten hatte ich die Landeklappen nicht eingefahren.

Statt auf den Höhenmesser zu sehen und mich zu vergewissern, ob die Höhe reichte, verließ ich mich auf mein Gefühl und fuhr die Klappen in einem Zug ein.

Im Nu sackte das Flugzeug ab. Instinktiv achtete ich darauf, dass die Nase meiner MF leicht nach unten zeigte, ordentliche Fluglage behielt und nicht ins Trudeln kam.

Als die Räder die Rapsspitzen berührten, zog ich das Steuerhorn nach hinten, rauschte in das Feld und setzte mit dem Hauptfahrwerk zuerst auf. Mit beiden Händen hielt ich das Steuerhorn krampfhaft fest. Ich traute mich nicht, die Hand auch nur einen Moment davon wegzunehmen, um den Mixer zu ziehen oder den Brandhahn zu schließen. Nicht einmal das Gas nahm ich zurück. So rollte das Flugzeug durch das Rapsfeld und wurde nur durch das vertrocknete und verfilzte Getreide gebremst. Gerade als ich glaubte, eine Hand frei machen zu können, krachte es gewaltig. Die MF stand und kippte auf die Seite. Was war passiert?

Im Feld waren Betonrohre als Brunnen eingelassen, die ungefähr einen halben Meter aus dem Boden ragten. Einen dieser Brunnen hatte ich getroffen.

Unverletzt und ohne auch nur einen blauen Flecken stiegen meine Fluggäste und ich aus der Maschine.

Abflug vom Flugplatz Jahnsdorf mit einer Z 42

Blick aus der Yak 18 A

Sich auf die Wolken legen

„Nur Fliegen ist schöner", so sagt man schlechthin.
„Wer prägte den Spruch, wo liegt hier der Sinn?"
So kann nur einer fragen, der nichts vom Fliegen versteht,
oder zaghaft und ängstlich durchs Leben sich schlägt.

Oder ist er vielleicht nur ein Ignorant,
und findet ganz andere Dinge für sich interessant?
Nicht jeder muss schließlich für das Fliegen schwärmen,
er kann auch an Bodenständigem sein Herz erwärmen.

Was ist es, was den Piloten so begeistert,
dass er freiwillig schwierigste Prüfungen meistert?
Willst du das wirklich genauer wissen,
wirst du wohl selbst einmal mitfliegen müssen.

Ob du lautlos im Segler durch die Lüfte gleitest,
oder lärmend dir Platz am Himmel erstreitest.
Sobald du abhebst kannst du es empfinden,
wenn Landschaft und Menschen in der Ferne entschwinden.

So winzig und klein wie die Erde du siehst,
so sicher und schnell du deinen Sorgen entfliehst.
Probleme werden winzig klein
Du glaubst, bis jetzt war alles nur Schein.

Was dir bisher fast unlösbar erschien,
wird nun aus deinen Gedanken entfliehn.
Du fühlst dich frei und bar aller Sorgen,
sie juckt dich nicht, die Angst vor dem Morgen.

Die Schönheit der Wolken, fast schon zum Greifen,
lässt die Gedanken in die Kindheit schweifen.
Wie damals sich auf die Wolken legen,
so ist das Fliegen, das nenn ich leben.

40

Rotkäppchensekt und Katzenliebe

Mit lautem Knall schoss der Korken an die Decke. Zischend spritzte der rote Sekt über Teppich und Polstermöbel. Hannelore registrierte das mit einem wehmütigen Lächeln. Was hätte sich Dieter jetzt wieder aufgeregt. Ihm hatte sie nie etwas recht machen können. Und bei solch einer Panne wäre er sicher ausgeflippt. Trotzdem hatte sie ihn gern gehabt mit seinen pedantischen Macken, war ihm in all den Jahren treu gewesen. Mit einem Mal sollte alles vorbei sein? Gerade jetzt, da sie ihn am nötigsten gebraucht hätte, hatte er sie im Stich gelassen.

Beim Einschenken zitterten Ihre Hände ein wenig. Sie goss das Glas halb voll und kippte das ganze Röhrchen hinein. Sie blickte sich noch einmal im Zimmer um. Bis auf die Sektflecken war alles ordentlich. Langsam ging sie mit ihrem Glas und der Flasche ins Bad, setzte es auf dem Wannenrand ab. Die Flasche stellte sie neben das Waschbecken in Reichweite. Vorsichtig prüfte sie mit dem rechten Zeh, ob das Wasser nicht zu heiß sei. Ist schon komisch, dachte sie bei sich, da weiß man ganz genau, dass es das letzte Bad sein wird, und man ist trotzdem vorsichtig genug, sich ja nicht weh zu tun.

Sie rutschte tief ins Wasser und tauchte den Kopf unter. Ihr Haar umspielte das Gesicht. Sie liebte dieses schwerelose Gefühl.

Beim Auftauchen strich sie ihr Haar nach hinten. Mit beiden Händen schöpfte sie Wasser und ließ es über den Körper rinnen. Für ihr Alter hatte sie noch eine recht passable Figur, kein Gramm Fett zu viel, aber auch keine spießenden Knochen. Einen Schönheitswettbewerb hätte sie nicht gewinnen können, aber viele ihrer Bekannten beneideten sie um ihre Figur. Doch was nützte diese Hülle, wenn sie im Inneren weiter nichts als Leere und Enttäuschung fühlte.

Sie wollte einfach nicht mehr. Sie fürchtete sich vor dem Alleinsein.

42

Fünfundzwanzig Jahre war sie immer mit ihrem Dieter zusammen gewesen. Sie kam sich vor wie eine Nonne und konnte sich nicht vorstellen, jemals wieder mit einem anderen Mann Tisch und Bett zu teilen. Lieber wollte sie sterben.

Sie griff zur Flasche, nahm einen kräftigen Schluck und starrte auf das Badewasser. Leuchtend grün schimmerte es durch die weißen Schaumreste. Mit einem Grün hatte Hannelores Unglück begonnen.

„Wir fahren nach Krk. Sollen wir euch etwas mitbringen?" fragten Dieter und Lothar.

Schon zum dritten Mal campten die beiden Familien zusammen auf der kroatischen Insel. Es ist einfach unbeschreiblich schön dort auf diesem FKK-Campingplatz. Durch die terrassenförmig angelegten Stellplätze hat man immer freien Blick auf die Adria. In Frankreich war Petra, Lothars Frau, gegen Abend sogar mit dem Auto nochmals an den Atlantik gefahren, um dem Sonnenuntergang zuzusehen. Hier bekamen sie täglich die schönsten Sonnenuntergänge „frei Haus geliefert". Schon deshalb lohnte es sich, diesen Platz immer wieder anzusteuern.

Vom glasklaren Wasser und der interessanten Landschaft ganz zu schweigen. Außerdem verstanden sich die beiden Familien recht gut.

„Mir könnt ihr Nagellack mitbringen", antwortete Hannelore. Im Urlaub nahm sie sich immer etwas mehr Zeit für ihre Fingernägel und leider war ihr der Lack ausgegangen. Sie glaubte allerdings nicht daran, dass die beiden Männer ihr welchen mitbrächten.

Umso erstaunter war sie, als ihr Lothar dann doch ein kleines Fläschchen mit den Worten überreichte: „Nagellack gab es keinen, nur Reparaturlack für mein Auto".

Schreiners hatten sich einen neuen Wagen in kräftigem Metallicgrün gekauft.

Und in dieser Farbe schimmerte die kleine Flasche. Natürlich war es Nagellack, aber verblüffend genau im Farbton des Autolacks.

Du hast uns ja was Schönes eingebrockt mit deinem Wunsch", erzählte Lothar lachend. „Als wir in dem kleinen Kosmetikladen an der Ecke in der romantischen engen Gasse fragten, ob es noch andere Sorten Nagellack gäbe als den ausgestellten, musterte uns die Verkäuferin mit seltsamem Blick und fragte: „Für Sie?" Die dachte tatsächlich, wir seien vom „anderen Ufer".

„Ich bin gleich raus aus dem Laden. Ich konnte mir das Lachen nicht verkneifen. Aber Lothar hat in aller Ruhe den grünen Lack ausgewählt und bezahlt", warf Dieter ein.

Hannelore machte sich gleich an die Arbeit, feilte und lackierte ihre Nägel.

So schlecht sah das Grün gar nicht aus, etwas gewöhnungsbedürftig, aber na ja, im Urlaub.

„Halt mal die Finger ans Auto!" bat Lothar. „Das sieht ja Klasse aus." Und schwups hatte er ein Foto gemacht. Erst Dieters ärgerliches Gesicht erinnerte Hannelore daran, dass sie sich hatte nackt fotografieren lassen. Ach, was soll`s, dachte sie bei sich, hier rennen ja alle im Evakostüm herum. Es war kein Problem für sie.

Erst als sie nach dem Urlaub die Fotos betrachteten und sich der schönen Zeit erinnerten, beschlich sie ein eigenartiges Gefühl. Es war ihr peinlich, als sie sich so vor dem Auto stehen sah.

Hier zu Hause war es eine ganz andere Situation und Atmosphäre. Jedenfalls nahm sie das Foto an sich und vernichtete es. So war ihr entschieden wohler.

Dabei hatte sie allerdings nicht bedacht, dass Lothar die Bilder hatte doppelt entwickeln lassen und sie nur das eigene Foto vernichtet hatte. Das sollte ihr zum Verhängnis werden.

Eines Tages hatten Schreiners Freunde eingeladen, Lassmanns, die Besitzer des Autohauses, bei denen Lothar sein neues Auto gekauft hatte.

Beim Stöbern in den Urlaubsfotos fiel Lassmann das Foto mit den grün lackierten Fingernägeln in die Hände. Er fand das ziemlich originell, vor allem weil seine Werbung auf dem

Wagen sehr deutlich zu sehen war. Wortlos steckte er es ein und legte es zu Hause zu seinen anderen Autobildern.

Monate später wollte Lassmann eine neue Kampagne für sein Autohaus starten. Dazu beauftragte er einen Werbefachmann. Diesem stellte er seine gesammelten Fotos zur Verfügung. Dabei dachte er nicht mehr an Hannelores Bild. Und gerade dieses Foto wählte dieser Mensch aus, um damit eine Website für das Internet zu gestalten.

Erst drei Wochen war das jetzt her. Hannelore arbeitete mit Schülern der vierten Klasse in der Lernwerkstatt. Immer mehr Kinder drängelten sich um den Computer mit Internetanschluss. Was gab es nur zu tuscheln, wunderte sich Hannelore. Da muss ich mal nachsehen. Doch sehr eilig hatte sie es nicht, war sie sich doch sicher, dass es nichts Schlimmes sein konnte, da sie die Gewalt- und Sexseiten gesperrt hatte und die Kinder darauf keinen Zugriff hatten, sollten sie neugierigerweise mal von den Unterrichtsinhalten abschweifen.

„Frau Schneider, kommen sie bitte mal zu uns?" rief Oliver sie an den Computer. „Wir haben hier etwas entdeckt, dass sie sich unbedingt ansehen sollten. Als Hannelore an die Gruppe herantrat, verstummten die Kinder und starrten sie gespannt an. „Wie wird sie wohl reagieren?" konnte sie deutlich in den Kinderaugen lesen. Hannelore erstarrte vor Schreck.

Was sie dort sah, verschlug ihr den Atem.

Ihr Nacktfoto prangte in Großformat auf dem Bildschirm, für jeden, der sie kannte, unverwechselbar. Hannelore schoss das Blut in den Kopf. Wie sollte sie jetzt wohl reagieren. Die Ausrede mit einer Doppelgängerin käme für sie nicht in Frage. Dazu war sie zu ehrlich. Sollte sie wegen solch einer Lappalie ihre Grundsätze über Bord werfen und lügen? Das war es ihr nicht wert. Aber wie sag ich`s meinem Kinde? Im wahrsten Sinne des Wortes!

Das Summen des Computers wurde immer lauter und aufdringlicher in dieser peinlichen Stille. „Also Kinder, das ist mir zwar unangenehm, dass ihr mich hier so seht, aber es ist nun mal nicht zu ändern. Ich hoffe, euch schockiert es nicht allzu sehr", versuchte Hannelore die Situation möglichst unverkrampft in den Griff zu bekommen. Und sie erzählte den Kindern, wie es zu dem Foto gekommen ist und dass sie von der Veröffentlichung nichts gewusst hatte. „Das ist schon o.k. Hauptsache Sie meckern nicht, wenn ich mitten im Unterricht plötzlich mal lachen muss, wenn ich Sie ansehe und dabei an das Bild denken muss", frotzelte Benjamin. „Halt die Klappe, du Blödmann!" konterte Florian ärgerlich. „Das ist für Frau Schneider bestimmt schwer genug. Da braucht sie nicht noch dein dummes Gequatsche." Auch die anderen Jungen und Mädchen warfen Benjamin strafende Blicke zu. Danach gingen sie alle wieder an ihre Arbeit und das Thema war für die Kinder abgehakt. Auch Hannelore wandte sich wieder ihren Aufgaben zu. Ein wunderbares Glücksgefühl durchströmte sie. Was hatte sie doch für tolle Kinder.

Zwei Tage waren vergangen. Sie hatte inzwischen Lassmann gebeten, diese Website zu ändern und glaubte, alles wäre in Ordnung. Aber sie hatte nicht mit der Intoleranz mancher Leute gerechnet.

An der Tür zu ihrem Zimmer klebte ein Zettel. "Bitte unbedingt sofort den Schulrat anrufen!" hatte ihre Sekretärin darauf geschrieben. Hannelore ahnte nichts Gutes. Schon der Klang seiner Stimme ließ sie frieren, als ihr Chef sie für den Nachmittag zu einer Aussprache einlud.

So war es auch. Es sollte einer ihrer schwärzesten Tage werden. Noch nie hatte sie sich so geschämt und gedemütigt gefühlt. Als sie das Zimmer ihres Vorgesetzten betrat, stockte ihr der Atem. Eine ganze Mannschaft war hier versammelt, der Schulamtsleiter, ein Herr vom Personalrat und drei Elternvertreter. Wie eine Verbrecherin wurde sie verhört. Sie spürte zwar, dass es ihrem Schulrat sehr unangenehm war und er die Sache lieber auf sich hätte beruhen lassen, aber die Eltern waren dermaßen erbost und unterstellten ihr Pornografie.

„Wir bestehen darauf, dass Frau Schneider sofort von der Schule entfernt wird!" forderten die Eltern und legten eine Unterschriftenliste vor.

Hannelore hörte die Eltern und ihre Vorgesetzten nur noch wie aus weiter Ferne murmeln. Nichts drang in ihr Bewusstsein. Wie betäubt verließ sie den Raum. Nur dieser eine Satz dröhnte auf dem Heimweg laut in ihrem Kopf: "Sie sind vorübergehend vom Dienst suspendiert!"

Sie fröstelte. Das Wasser in ihrer Wanne wurde langsam kühl Sie richtete sich auf und griff nach dem Glas. In dem Moment sprang polternd die Badtür auf.

Klirrend zerschellte das Glas auf dem Boden, so war Hannelore erschrocken.

„Miez, dich hab ich völlig vergessen! Wie kannst du mich nur so erschrecken? Die Badtür hast du doch noch nie aufbekommen." Hannelore sprach immer mit ihrer Katze, als könnte diese sie verstehen. Und nun hätte sie ihr geliebtes Kätzchen um ein Haar im Stich gelassen.

Hastig duschte sich Hannelore heiß und kalt ab und stieg aus der Wanne.

Mit verächtlichem Blick schaute sie auf die Scherben und schüttelte den Kopf über ihre Dummheit. Wie Schuppen fiel es ihr von den Augen. Sie hatte doch überhaupt keinen Grund ihr Leben wegzuwerfen. Was hatte sie denn schon getan? Wer sich schämen müsste, waren ihr Mann und ihre Vorgesetzten, die sie wegen solch einer Lappalie so im Stich gelassen und verraten hatten. Trotzig warf sie den Kopf in den Nacken und betrachtete sich im Spiegel. „Jetzt gerade!" Erleichtert lächelte sie sich zu. Sie fönte sich ihr Haar und machte sich ein wenig zurecht. Aus dem Schrank wählte sie ihr Lieblingskleid aus, holte ein neues Glas, goss es diesmal randvoll und zündete alle Kerzen des Leuchters an.

Oh, diese Jugend!

Feddersen lebte ein ausgesprochen wohlgeordnetes Leben. Er lebte nach der Uhr. Er stand jeden Morgen um die gleiche Zeit auf, kam um die gleiche Zeit in sein Büro, aß um die gleiche Zeit zu Mittag und ging um die gleiche Zeit schlafen …

An einem Donnerstag im November verließ Feddersen sein Büro pünktlich um 17.30 Uhr. Der Pförtner in der Empfangshalle sagte: „Pünktlich wie immer, Herr Feddersen."

„Stimmt, auf Wiedersehen Herr Gräbner", grüßte Herr Feddersen zurück.

Nachdem er die üblichen drei Minuten an der Haltestelle gewartet hatte, stieg Feddersen in einen Bus der Linie 60 – wie jeden Abend.

Beim Einsteigen sprach er ein paar Worte mit dem Busfahrer Willy Nickmann. Der fuhr schon immer diesen Bus. „Schöner Abend heute", sagte Feddersen.

„Soll aber noch regnen", gab Nickmann zurück.

„Dabei hatten wir doch in letzter Zeit eine ganze Menge Regen", meinte Feddersen.

Freundlich nickend ging Feddersen weiter und wollte sich auf den gleichen Platz setzen wie jeden Abend und seine Zeitung lesen. Doch ausgerechnet dort saß ein junger Mann. Feddersen blieb stehen und schaute den Burschen von oben bis unten an. Doch der ließ sich nicht stören, sah weiter aus dem Fenster und schien Feddersen überhaupt nicht zu bemerken. Feddersen räusperte sich. Keine Reaktion. Langsam kroch die Wut in ihm hoch. Wie kommt der Kerl dazu, sich gerade auf meinen Platz zu setzen, obwohl ringsum alles frei ist grübelte Feddersen. Er war nicht gewillt, wegen solch eines Buntbeschopften, grüne Haare mit roten Streifen an den fast kahl rasierten Seiten, seine lieb gewonnene Gewohnheit aufzugeben.

In Feddersen brodelte es. Am liebsten hätte er diesen Pfau an seinem roten Hahnekamm gepackt und vom Sitz gezerrt.

Was hatte er für eine Wut auf diese Jugend von heute. Keine Zucht und Ordnung! Keinerlei Respekt!

Verbrecher, schäumte er vor Wut und wollte diese gerade herausschreien, als der Jugendliche ihn fragend ansah: „Sitze ich etwa auf Ihrem Platz? Das tut mir leid.

Bitte setzen Sie sich. Mir ist es egal. wo ich sitze." Und ohne eine Antwort abzuwarten, erhob er sich und ging nach hinten.

Feddersen konnte noch schnell „Danke" murmeln und setzte sich dann beschämt auf seinen Stammplatz. Nicht eine Zeile konnte er heute lesen. Als er an seiner Haltestelle ausstieg, warf er die Zeitung ungelesen in den Papierkorb. Er ging den gewohnten Weg nach Hause, machte sich sein Essen, schaltete seinen Fernseher punkt 23.00 Uhr aus und ging zu Bett. Alles war wie immer. Und doch hatte sich etwas in seinem Leben verändert. Als er die Augen schloss, lächelte ihm ein bunt beschopftes Lausbubengesicht entgegen.

Nie wieder beobachte ich Fremde

Fast geräuschlos glitt der letzte Nachtzug aus der Halle. Der Bahnsteig war leer, bis auf einen einzelnen Mann. Der hatte sich eine Zigarette angezündet und starrte dem Zug nach, dessen Schlusslichter rasch kleiner wurden.

Ich stand am Fenster meiner Studentenbude und beobachtete das Treiben am Bahnhof.

Immer wenn ich nicht schlafen kann, stehe ich hier bis ich müde werde und es Sinn macht, mich wieder ins Bett zu legen. Von meinem Fenster aus kann ich bis in die Bahnhofshalle hineinschauen.

Die meisten Leute, die hier ein- und aussteigen haben es ziemlich eilig. Doch dieser Mann stand schon mindestens 15 Minuten dort, ohne sich zu bewegen.

„Irgend etwas stimmt nicht mit dem", grübelte ich. Mich fröstelte, und ich wollte mich eben wieder hinlegen, da drehte sich dieser Mann um.

Etwas an seiner Haltung beunruhigte mich. Ich holte mein Fernglas, um ihn näher zu betrachten. In dem Moment, als ich das Glas auf ihn richtete, schaute er direkt zu meinem Fenster herauf. Ich fühlte mich ertappt und trat schnell einen Schritt zurück. Ich musste über mich lächeln. „Du dummes Schaf, der kann dich nie im Leben entdeckt haben", beruhigte ich mich.

Nun war ich doch ein wenig neugierig geworden. Ich fragte mich, was hat ein Mann wie der um Mitternacht auf dem Bahnhof zu suchen? Ist er aus dem Zug gestiegen oder hat er jemanden begleitet? Warum geht er nicht eilig nach Hause oder in ein Hotel? Gepäck hat er auch keines, nicht einmal eine kleine Tasche. Ein Diplomatenkoffer hätte gut zu ihm gepasst, einer aus Leder. Dann hätte er wie ein Geschäftsreisender oder ein Versicherungsvertreter ausgesehen.

Irgendetwas störte mich an ihm. Seine Kleidung war perfekt. Seine Haare waren vorbildlich gestylt.

Sogar die Schuhe stimmten farblich mit dem Mantel und dem Anzug überein, soweit ich das mit meinem Fernglas in dem schummrigen Bahnhofslicht beurteilen konnte. Sein Gesicht blieb für mich ein dunkles Geheimnis. Was mir auffiel, waren die Augen oder besser dieser stechende, finstere Blick. Der passte einfach nicht dazu. Die ganze Gestalt machte einen gepflegten und damit Vertrauen erweckenden Eindruck. Aber schon der erste Blick hatte mich irritiert.

Ich fühlte mich sogar in meinen eigenen vier Wänden unsicher. Ob er mich auch wirklich nicht gesehen hatte?

Warum interessierte mich das überhaupt?

Wütend über mich drehte ich mich vom Fenster weg und ging zu Bett.

Ich kuschelte mich in meine Kissen und versuchte einzuschlafen.

Mitternacht war längst vorüber. Ich wälzte mich von einer Seite auf die andere. Die roten Zahlen meines Radioweckers erschienen mir heute besonders grell.

Ich stierte auf das Radio und registrierte in jeder Minute, wie sich die Striche zu neuen Ziffern umstellten.

Plötzlich hörte ich etwas. Dumpfe Schritte hallten aus dem Treppenhaus. Oder hatte ich mich getäuscht? Kamen die Geräusche von der Straße? Ich traute mich kaum zu atmen.

Angespannt lauschte ich und kroch dabei immer tiefer unter meine Decke. Da waren sie wieder diese schweren Schritte, jetzt schon beängstigend nahe. Wer konnte das sein? Die einzigen Mieter außer mir waren für drei Wochen verreist. In diesem abrissreifen Haus wohnt sonst niemand mehr. Hatte ich womöglich vergessen, die Tür abzuschließen und ein Penner suchte hier Unterschlupf? Ausgerechnet vor meiner Tür blieb er stehen.

Dass es ein Mann sein musste, hörte ich am Gang, ein ziemlich großer oder schwerer, der ein Bein etwas nachzog.

Warum hatte ich meine Tür erst kürzlich so hell und freundlich gestrichen und ein graviertes Namensschild aus Messing angebracht?

Das musste doch jedem Neugierigen verraten, dass hier noch jemand wohnt, bei dem vielleicht etwas zu holen ist. Ich hielt es unter meiner Decke kaum noch aus. Krampfhaft suchte ich nach einem Ausweg.

Da fiel mir die rostige Feuerleiter ein, die ich von meinem Balkon aus erreichen konnte. Das wäre die Rettung, dachte ich mir und wollte leise aufstehen. Doch was war das? Ich konnte mich nicht bewegen. Meine Glieder waren schwer wie Blei. Mir gelang es nicht einmal, meine Hände zum Telefon auszustrecken.

Jetzt machte sich die Person auch noch an meiner Tür zu schaffen. Mir standen die Haare zu Berge. Plötzlich war alles ruhig. Beruhigt und müde wollte ich mich auf die Seite legen. Doch das ging nicht. Ich lag wie fest genagelt.

Auf einmal knarrten die Dielen vor meiner Schlafzimmertür, und im gleichen Moment sprang die Tür auf. Der Mann vom Bahnhof stand im Raum. Ich schrie mir die Seele aus dem Leib. Aber kein einziger Laut kam über meine Lippen. Dieser Hüne grinste mich an und streckte seine Hand nach mir aus. Seltsam kalt und feucht spürte ich seine Finger an meinem Hals. Ich riss die Augen weit auf.

Da wachte ich auf. Wie versteinert blieb ich liegen. Die Angst schnürte mir noch immer die Kehle zu, mein Puls raste, und bewegen konnte ich mich noch nicht. Was war das nur? "Mensch, du verrücktes Mistvieh! Wie kannst du mich nur so erschrecken?" schrie ich Isa wütend und gleichzeitig erleichtert an.

Isa war die Dobermannhündin meines Freundes, auf die ich zwei Wochen aufpassen sollte.

Sie hatte sich die Schlafzimmertür selbst geöffnet und sich auf meine Decke gelegt.

Mit ihrer kalten Schnauze stupste sie mich am Hals.

Zum Nachdenken

Der Mensch ist ein gar eitles Wesen,
das ist er immer schon gewesen.
Das fing im Paradies schon an
mit Feigenblättern bedeckten sich die Frau, der Mann.

Sie suchten damals schon die schönsten aus
und ach so bald wurde Bekleidungsmode draus.
ein Tierfell war anfangs noch der letzte Schrei,
doch leider sind die Zeiten längst vorbei.

Zeit und Geld wird in die Mode investiert,
die täglich doch an Wert verliert.
Auch die Kosmetik muss möglichst teuer sein.
Dort spart man keinen Groschen ein.

Mit Schmuck sich viele Damen zieren
und merken nicht, was sie verlieren,
bei all dem Rennen und dem Jagen,
den teuersten Schmuck, das schönste Kleid zu tragen,

dass all der Aufwand sich nicht lohnt,
wenn die Zähne sind vom Verfall bedroht.
Da hilft kein Schminken und Sichschmücken.
Vorm Zahnarzt kann sich keiner drücken.

Was nützt das schönste Kleid aus Taft,
wenn im Munde eine Lücke klafft.
Was man angerichtet hat, kann man jetzt ermessen,
weil man oft das Putzen hat vergessen.

Der Zahnarzt hilft gern, doch nicht ganz mühelos.
Die Freude ist anfangs riesengroß,
wenn neue Zähne wie Sterne blitzen
und fest verankert im Munde sitzen.

Doch werden die Damen zur Kasse gebeten,
schweigen viele von ihnen ganz betreten.
Für sinnlosen Kram tat ihnen kein Pfennig leid,
doch für die Gesundheit Geld auszugeben sind sie selten
bereit.

Wie ein Kind zu träumen

Wem gelingt es noch, wie ein Kind zu träumen?
Wer hört es noch, das Wispern von Bäumen?
Die Ruhe eines kristallklaren Sees zu spüren,
stumme Gespräche mit sich selbst zu führen.

Glücklichsein auch mit Problemen.
Das Lächeln mit in den Alltag nehmen.
Die Geborgenheit der Kollegen wohl behüten.
Zwietracht durch Offenheit besiegen.

Das sind Geschenke, die man sich selber gibt,
wenn man die Arbeit und die Familie liebt.
Auch sich selbst muss man ein wenig verehren,
sich gegen Selbstmitleid und Überheblichkeit wehren.

Was nützt es, vom nächsten Jahr zu reden,
wenn wir im Jetzt nicht verstehen zu leben.
Der Grundstein für die Zukunft wird im Heute gelegt.
Doch wie sieht sie aus, wenn uns nur die Frage bewegt.

Werd ich wohl meine Arbeit behalten,
was werde ich mal für eine Rente erhalten,
wenn die Geburtenzahlen gehen ständig zurück
und bleibt mir vom großen Kuchen auch noch ein Stück?

Es gibt schon Leute, bei denen kann ich`s verstehn,
wenn sie im Leben keinen Sinn mehr sehn.
Doch wir als Lehrer können uns nicht erlauben,
den Kindern schon jetzt den Optimismus zu rauben.

Wir sollen sie lehren, das Leben zu lieben,
ohne sich selbst oder andre zu betrügen.
Wir sollten ihnen zeigen, dass es Sinn hat zu leben
und täglich das Beste für die Zukunft zu geben.

Ob die Kinder für immer ihre Träume behalten,
das liegt nicht an ihnen, sondern an uns Alten.

Ich weiß ja, dass ich anders bin

Ich weiß zwar, dass ich anders bin,
sehe im Dasein einen ganz andern Sinn,
als es die meisten Menschen tun,
doch mein Gewissen lässt mich nicht ruhn.

Es hält mir täglich den Spiegel vors Gesicht.
„Bestehst du die Probe oder auch nicht?
Kannst du dir selbst in die Augen sehn,
erhobenen Hauptes mir gegenüber stehn?"

Das frag ich mich bei Tag und Nacht,
was das Leben nicht grad einfach macht.
Wenn die Mehrheit sich hat gegen mich gestellt,
dann läuft was verkehrt in meiner Welt.

Hab ich mich selber so verschätzt,
mir falsche Moral zum Omen gesetzt?
Vielleicht bin ich wirklich nur auf Ruhm versessen,
hab den Dingen den falschen Wert beigemessen.

Kaum will ich mich zur Umkehr bewegen,
sich Zweifel in meiner Seele regen.
Wenn mir ein Kind strahlend in die Augen blickt,
bin ich dem Alltag weit entrückt.

Ich träume von selbstbewusstem Kinderlachen
und lauter solchen preiswerten Sachen,
wie Liebe, Verständnis und Geborgenheit
für alle und jeden zu jeder Zeit.

Wieder daheim

Leuchtender Himmel, Wasser klar und rein, im Radio fremde
Töne,
nur freundliche Menschen um mich her, das ist am Urlaub das
Schöne.
Ich meint, so könnt das ewig gehen, so lässt sich das Leben
ertragen,
kein Stress, keine Termine, kein Angstgefühl nun schon seit
vierzehn Tagen.

Und plötzlich ist wieder alles vorbei, es heißt jetzt Abschied
nehmen.
Ich seh die Sonne im Meer untergehn, wie werd ich mich
danach sehnen.
Seit Stunden fahren wir auf der Autobahn, es geht nur „Stopp
and go".
Doch diesmal kann`s uns gar nicht störn, mein Mann sagt:
„Es ist halt so".

Woher die Ruhe, die Geduld, die Kraft, die man im Alltag oft
vermisst?
So manches wäre leichter und schön, wenn man jeden Tag neu
genießt.
Ein gelb-grünes Schild taucht vor uns auf, die Farben des
Heimatland,
der Sendersuchlauf im Radio – halt – die Stimme ist uns wohl
bekannt.

Und mir wird wieder sonnenklar, was wichtig im Leben ist,
liebe Menschen und die Heimat, in der du geborgen dich
fühlst.

Schatten der Vergangenheit

„Hast du alles weggeräumt? Kann es losgehen?" fragte Jürgen wie immer und wartete gar nicht erst meine Antwort ab, sondern startete sofort den Motor.
Sicherheitshalber kontrollierte ich die Schubkästen und die Kühlschrankverriegelung.
Zufrieden mit mir und der Welt setzte ich mich auf den Beifahrersitz. So liebte ich das Autofahren. Bequem auf meinem Pilotsitz hoch über der Straße sitzend, fast wie in einem LKW mit freiem Blick über die Leitplanken, hatte ich Spaß am Fahren. Ich fühlte mich in unserem Wohnmobil viel sicherer als im PKW. Außerdem sah ich viel mehr von der Landschaft. Selbst ein Stau konnte mir die Laune nicht vermiesen.
„Fahren wir Autobahn oder Landstraße?" riss mich Jürgen aus meiner Träumerei. Das war etwas, was mir nicht so gefiel, diese Verantwortung für die Fahrtroute. Da gab es leicht Streit zwischen uns. Immer musste ich mich im Autoatlas zurechtfinden! Das nervte. Ich entschied mich für die Landstraße.
Die Landschaft war traumhaft schön. Und da es auf den Abend zuging, ließ sich hier bestimmt ein besserer Platz zum Übernachten finden als an der Autobahn.
Es war eine gute Entscheidung. Eine himmlische Ruhe herrschte auf der Straße. Kaum ein Auto überholte uns, und nur ganz selten kam eines entgegen. Die Sonne verschwand hinter den Bergen und färbte die Wolken purpurn.
„Morgen wird wieder schönes Wetter. Wir sollten uns bald nach einem Parkplatz umsehen und lieber morgen früh zeitig los fahren", schlug ich Jürgen vor. Aber der entschied sich für das Weiterfahren.

„Ich bin noch nicht müde, und es läuft gerade so gut. Ich fahre weiter bis zum Finsterwerden", meinte er.

Es wurde rasch dunkel. Nun begannen wir doch nach einem Parkplatz Ausschau zu halten. Aber rechts und links gab es keine Möglichkeiten, die Straße zu verlassen, keine Nebenstraße, keine Parknischen. Wir fuhren und fuhren. Es wurde immer später.

Plötzlich gab es einen lauten Knall. „Was war das denn?" fragten wir gleichzeitig und sahen uns erschrocken an. „Das war`s!" sagte Jürgen. Er ließ den Wagen noch ausrollen und versuchte, so weit wie möglich an den Straßenrand zu kommen. „Was ist denn?" fragte ich. „Ich kann Gas geben wie ich will, nichts tut sich. Ich rufe jetzt den ADAC an. Die müssen uns abschleppen. Bleib hier. Ich sehe mich nach einer Telefonzelle oder einem Haus um" und schon stiefelte Jürgen los.

Schnell riegelte ich alle Türen ab und schaltete das Licht wieder aus. So ganz allein war mir unheimlich zumute. Vom Fahrersitz aus schaute ich Jürgen hinterher. Seine Umrisse konnte ich im hellen Mondlicht gerade noch erkennen und sah, wie er den Hügel hinaufstieg zu einer Berghütte. Obwohl es inzwischen nach dreiundzwanzig Uhr war, schienen die Bewohner noch munter zu sein. Ich sah die Tür aufgehen und Jürgen darin verschwinden. Es dauerte nicht lange und er kam mit schnellen Schritten wieder zurück.

Ich war erleichtert, als er zur Tür hereinkam.

„Konntest du den Pannenhilfsdienst erreichen?" fragte ich. Doch ich erhielt keine Antwort. Da ich seine Redefaulheit gewöhnt war, machte ich uns beiden etwas zu Essen zurecht. Erst als ich das Abendbrot auf dem Tisch stehen hatte, schaute ich Jürgen an.

Ich erschrak. So hatte ich ihn noch nie gesehen. Ich wagte gar nicht, ihn anzusprechen und wartete ab.

Endlich kam wieder Farbe in sein aschfahles Gesicht, und er begann zu erzählen: „Was glaubst du, wem ich eben in dem Haus begegnet bin? Du errätst es nicht. Erinnerst du dich an den Namen Heinrich Werner?"

Und ob mir dieser Herr bekannt war. Mit Grausen erinnerte ich mich an diesen Menschen.

Oberst Werner hieß er damals, als er meinen Mann und mich verhörte. Wir hatten einen Ausreiseantrag gestellt und wollten nach Bayern in die Nähe meiner Schwester ziehen. Dummerweise hatten wir eine ziemlich lange Begründung geschrieben und glaubten, dass es dann ein bisschen schneller gehe mit der Ausreise. Aber das Gegenteil war der Fall. Unser Brief wurde als Staatsverrat eingestuft.

Wir wurden behandelt wie Schwerverbrecher. Nie im Leben hatten wir uns je etwas zuschulden kommen lassen und nun solch eine Demütigung. Kein Wort von dem, was wir aufgeschrieben hatten, nahmen wir zurück. Es entsprach ja alles der Wahrheit. Das kam uns teuer zu stehen.

Dieser Werner sorgte dafür, dass mein Mann sofort in Haft kam und zu einer Gefängnisstrafe von anderthalb Jahren verurteilt wurde. Ich durfte der Kinder wegen wieder nach Hause. Doch immer stand ich unter Beobachtung. Unseren Freunden und Bekannten durfte ich nichts erzählen und sollte mich von ihnen fern halten.

Ansonsten würden mir die Kinder weggenommen und kämen ins Heim und ich ins Gefängnis, so hatte mir Werner gedroht.

Und diese Drohung musste ich sehr ernst nehmen. Ein dreiviertel Jahr war ich Repressalien ausgesetzt.

Mir wurde sogar nahe gelegt, mich scheiden zu lassen und mich von meinem Mann los zusagen. Dann bekäme ich meine Ruhe und die „Unterstützung des Staates". Ich dachte im Traum nicht daran.

Nach einem dreiviertel Jahr wurde mein Mann endlich frei gekauft und in die BRD „abgeschoben".

Erst drei Monate später durfte ich ihm mit den Kindern folgen, nicht ohne dass ich vorher unser Haus verkauft hatte. Ich musste es einem der drei Interessenten überlassen, die mir von der Stasi geschickt worden waren. Ansonsten wären wir enteignet worden. Hätte ich es damals lieber nicht verkauft. So hätten wir nach der Wende eine Chance gehabt, es zurückzubekommen.

Im Westen fingen wir wieder bei Null an und schufen uns mit Fleiß ein neues Zuhause und glaubten, Abstand zur Vergangenheit gefunden zu haben.

Und nun holte sie uns in Gestalt des Heinrich Werner wieder ein. Diesem Schuft schien es hier schon wieder besser zu gehen als all seinen Opfern. So viel Ungerechtigkeit zu verkraften, war gar nicht so leicht.

Wir konnten heute lange nicht einschlafen und redeten wieder einmal über die Erlebnisse der Vergangenheit.

Nach so vielen Jahren konnten wir der ganzen Geschichte sogar eine positive Seite abgewinnen. Diese schwere Zeit hatte uns einander näher gebracht.

Wir kuschelten und überlegten, wie wir reagieren sollten. Werner hatte meinen Mann nicht wieder erkannt. Der fühlte sich in Sicherheit. Beim Grübeln schliefen wir ein.

Am nächsten Morgen glaubten wir erst an einen bösen Traum. Aber leider holte uns die Wirklichkeit schnell ein. Das Auto war noch immer fahruntauglich und die Hütte des Heinrich Werner, die sich im Glanz der Morgensonne als wunderschönes Haus entpuppte, stand ebenfalls noch am selben Fleck.

Stumm frühstückten wir und verbrachten die Zeit bis der ADAC-Pannenhilfsdienst eintrudelte ebenfalls ziemlich wortkarg. Am späten Vormittag konnten wir weiterfahren. Bis jetzt hatten wir den Namen Heinrich Werner noch nicht wieder über die Lippen gebracht. Doch ich machte ein dickes Kreuz in die Landkarte.

Schweigend saßen wir nebeneinander und Kilometer für Kilometer kamen wir unserem Urlaubsziel näher.

„Weißt du was?" brach Jürgen das Schweigen. „Wir machen erst einmal in Ruhe Urlaub als wäre nichts passiert. Dieser Mensch hat uns schon so viel wertvolle Zeit unseres Lebens gestohlen. Er ist es einfach nicht wert, dass wir uns jetzt auch noch unseren ersten gemeinsamen richtigen Urlaub durch ihn vermiesen lassen.

Wiedererkannt!

Friedhelm verstand die Welt nicht mehr. Was warf man ihm nur vor?

Der Weißbekittelte neben ihm mit der Hornbrille, die ihm ständig nach vorn rutschte und die er nach jeder Kopfbewegung mit dem kleinen Finger auf die Nase drückte, hatte zwar vorhin etwas aus seinem Notizheft vorgelesen, doch schlau war er aus diesem Kauderwelsch von Amtsdeutsch und medizinischen Fachausdrücken nicht geworden. Vor allem ängstigte ihn dieser unzugängliche Typ in Uniform hinter ihm.

Obwohl er ihn nicht sehen konnte, spürte er dessen versteinerten Blick auf seinem Rücken. Dieses Gefühl kannte er nur zu gut. Jahre hatte er dazu gebraucht, diese Erinnerungen zu verdrängen. Jetzt brach alles wieder auf. Fröstelnd sank er auf dem Stuhl in sich zusammen. Sein linker Arm hing kraftlos herab. Vornüber gebeugt stierte er auf sein rechtes Bein. Wie lange ist es her, eine Stunde, zwei Stunden, eine Ewigkeit seit die kleine Rebecca hier gesessen und sich bei ihm ausgeweint hatte?

Ein glückliches Lächeln huschte kurz über sein fahles, trauriges Gesicht. Was für eine Freude ihm die kleinen Racker machten. Nie hätte er für möglich gehalten, dass ihm diese Arbeit einmal so viel bedeuten würde. Eigentlich wollte er den Job nur kurzfristig für seinen besten Freund Harald übernehmen, nur solange der im Krankenhaus bleiben musste. Harald hatte ihn damals darum gebeten. Jetzt verstand er, warum der sich so wichtig hatte mit „seinem" Kindergarten. Das war nicht nur ein Job, das war mehr.

Harald war nicht wiedergekommen. Sein Herz war zu schwach gewesen, um die komplizierte Operation überstehen zu können. War es ein Wunder? Was hatten sie beide alles durchmachen müssen. Friedhelm versank in Erinnerungen. Die Stimmen um ihn herum erreichten ihn nicht mehr.

Wie Wellen einer Brandung hörte er das gleichmäßige Plätschern der Reden.

Doch alles prallte ungehört an ihm ab wie an einer festen Kaimauer, der die Kraft des aufgepeitschten Wassers nichts anhaben konnte. Wie die Gischt des Wassers netzten ihn die Worte, kaum zu spüren und doch Tropfen für Tropfen ihn schließlich durchnässend.

Was er so lange verdrängt hatte, drang wie ein dunkler Schatten in sein Bewusstsein. Die dunkelgrauen Bodenfliesen strahlten Sauberkeit aus. Dunkelgrau war auch der Fußboden seiner Zelle gewesen, dunkel aber vom Schmutz vieler Jahre der Abnutzung und mangelnder Pflege. Er hörte Harald schimpfen: „In dem Schweinestall hier ist garantiert noch nie gewischt worden. So eine Sauerei!" Friedhelm hatte damals nur den Kopf schütteln können. Wie konnte dieser Mensch an so etwas denken in dieser Situation.

Friedhelm war tags zuvor nach mehreren Wochen Einzelhaft zu ihm in die Zelle gesteckt worden.

Es berührte ihn ziemlich unangenehm, dass dieser Mann, mit dem er für ungewisse Zeit auf einem Raum von knapp zwölf Quadratmetern zusammenhausen musste, mit ihm noch kein Wort gesprochen hatte.

Und dann stellte der diesen läppischen Satz in den Raum. Was interessierte ihn denn, ob der Fußboden schmutzig oder sauber war. Im Gegenteil, diese hingeworfene Kritik an den Zuständen in der Haftanstalt verstärkten noch sein

Heimweh, die Sehnsucht nach seiner Familie, nach den täglichen Spaziergängen mit seinem Schäferhund und nach seinem Garten, in dem er den ganzen Sommer verbrachte und mit einer Freude auf seinem Hackstock aus dem Stamm eines uralten Pflaumenbaumes das Holz für den Kaminofen hackte. Er glaubte, das Knistern des Feuers zu hören, wenn er frierend an die gemütlichen Stunden zu Hause dachte.

Wie hatte er sich gefreut, endlich aus der Einzelhaft in die Doppelzelle verlegt zu werden. Und dann diese Kälte und Gleichgültigkeit. Wie konnte ein Mensch so gefühllos sein? Warum freute der sich nicht über seine Gesellschaft?

Mindestens fünf Wochen hatte es dann gedauert, ehe Harald und Friedhelm einander näher kamen. Nun verstand er auch, warum Harald so abweisend gewesen war. „Ich musste doch annehmen, dass du mir als Spitzel untergejubelt worden bist", hatte er ihm gestanden. Von dem Tag an waren sie die besten Freunde.

Er erfuhr, dass Harald ebenfalls für anderthalb Jahre verurteilt worden war wie er und das nur, weil auch er seinen Ausreiseantrag gestellt und mit einigen Seiten begründet hatte. Wie Schwerverbrecher waren sie von der Stasi behandelt worden. Am schlimmsten hatte sich dieser Major Schneider gebärdet. Nur ihm hatte Friedhelm zu verdanken, dass er hier gelandet war. Auch Harald war in die Fänge dieses Fanatikers geraten. Harald hatte es noch schlimmer erwischt als ihn. Friedhelms Familie hatte in all den schweren Zeiten zu ihm gehalten. Schneider hatte seiner Frau ziemlich zugesetzt.

Er hatte ihr nahe gelegt, sie solle sich scheiden lassen, ansonsten müsse sie die Konsequenzen für sich und ihre

Kinder selbst verantworten. Er drohte Christine sogar, ihr die Kinder wegzunehmen, wenn irgendetwas von diesen Gesprächen an die Öffentlichkeit gelange. Friedhelm bewunderte seine Frau für ihre Charakterstärke. Was hatte sie nur alles durchmachen müssen. Nicht einmal die Freunde konnten dabei helfen. Die wussten ja gar nicht, was wirklich ablief. Sie hielten zu ihm und zu seiner Frau, was auch nicht ungefährlich war. Die meisten anderen Leute in dieser Situation hatten die Kontakte abgebrochen, um nicht selbst in die Stasifänge zu geraten. Aber sie waren verunsichert, weil Christine immer recht kurz angebunden war in Gesprächen.

Sie konnten doch nicht ahnen, was für Ängste Christine ausstehen musste bei jedem Kontakt.

Doch sie hatten Glück. Nach siebeneinhalb Monaten wurde Friedhelm von der Bundesrepublik freigekauft. Seine Familie konnte kurz nach ihm ausreisen.

Schon nach kurzer Zeit hatten sie sich wieder eine neue Existenz aufgebaut. Die beiden Mädchen gewöhnten sich gut in der Schule ein und ein drittes Kind, ein Junge, machte das neue Glück perfekt. Verdrängt wurden die schlimmen Erlebnisse, und jeder Tag in Freiheit war wie ein Geschenk.

Bei Harald war es nicht so glimpflich abgelaufen. Ihn traf das Schicksal mit voller Härte. Seine Frau war diesem Kampf nicht gewachsen. Sie hatte sich einschüchtern lassen und sich von ihrem Mann getrennt. Dafür konnte sie ihr gemeinsames Haus behalten. Und schon nach einigen Wochen hatte Harald erfahren müssen, dass sich seine Traudel mit einem neuen Mann getröstet hatte. Das brach ihm das Herz. Nie hätte er geglaubt, dass ihn seine Frau so schnell vergessen, ja ihn verraten würde. Immerhin hatten sie elf glückliche Jahre miteinander verbracht und sich ihr kleines Eigenheim gebaut. Nun machte sich dort ein Neuer breit, in seinem Haus, in seiner Wohnung, in seinem Schlafzimmer.

Friedhelm hörte Harald nachts manchmal heimlich weinen. Von Tag zu Tag verschlechterte sich dessen Gesundheitszustand. Friedhelm musste mit ansehen, wie aus einem starken jungen Menschen ein gebrochener, kranker Mann wurde. Und Friedhelm konnte ihn nicht mehr lange trösten. Er durfte endlich raus. So schwer es ihm auch fiel, seinen Freund in dem Zustand allein lassen zu müssen, so glücklich war er über seine Freilassung.

Vier Jahre hatte er nichts von Harald gehört, bis an diesem Vorweihnachtsabend 1993 das Telefon läutete.

Friedhelm sagte zu seiner Frau: „Wer wird denn um diese Zeit noch anrufen?"

Um ein Haar hätte er nicht abgehoben, doch die Neugier war stärker, welch ein Glück, denn ein schöneres Weihnachtsgeschenk hätte ihm keiner bereiten können.

Als er den Hörer abgenommen und die Stimme erkannt hatte, weinte er vor Freude.

Eine ganze Weile konnte er lediglich stumm zuhören und Haralds Fragen nur nickend beantworten, ganz vergessend, dass dieser sein Kopfnicken nicht sehen konnte.

Aber Harald wartete nicht lange auf Antwort, sondern redete und redete wie ein Wasserfall. Endlich hatte sich Friedhelm ein wenig gesammelt und nutzte eine kleine Redepause, um das Wort zu ergreifen.

„Was hältst du davon, wenn du dich in dein Auto setzt und über Weihnachten zu uns kommst? Es sind doch kaum 500 Kilometer. Meine Frau und meine Kinder werden sich freuen. Ich hab Ihnen so viel von dir erzählt.

Sie würden dich gern kennen lernen. Gib dir einen Ruck und überlege nicht lange!"

Eine Weile blieb es still am anderen Ende. Friedhelm befürchtete schon, eine Absage zu erhalten. Doch Harald schien eine Einladung erwartet zu haben, denn er sagte: „Ich bin morgen früh bei euch, meine Tasche ist schon gepackt, ich wusste, dass du mich einladen würdest. Also bis morgen!"

Friedhelm legte auf. Stumm blieb er neben dem Telefon stehen.

„Wo bleibst du denn?" hörte er Christine aus dem Wohnzimmer rufen.

„Du wirst es nicht glauben, wer gerade angerufen hat", sagte Friedhelm wieder ins Wohnzimmer kommend und erzählte ihr von seinem Gespräch mit Harald.

„Das ist ja toll!" freute sich Christine von Herzen, und sie sprang gleich auf, um einige Vorbereitungen zu treffen. Wie ein Feldwebel kommandierte sie ihn.

„Du gehst zu Nicole und sagst ihr, dass sie über Weihnachten entweder bei ihrer Schwester im Zimmer schlafen soll, oder sie kann meinetwegen zu ihrem Freund ziehen!" Friedhelm glaubte, sich verhört zu haben. Noch gestern war sie strikt dagegen, als Nicole um Erlaubnis fragte, ein paar Tage zu ihrem Freund ziehen zu dürfen. „Mach schon und steh nicht so rum! Was ist denn dabei. Ich war in ihrem Alter schon Mutter. Sie wird mit ihren siebzehn Jahren hoffentlich etwas schlauer sein als ich damals. Oder hast du etwas dagegen?"

An jedem anderen Tag hätte er sich eine Antwort nicht verkneifen können, aber heute konnte er nur staunend lächeln.

Was hatte er für ein Glück mit seiner Christine. Nicht jede Frau hätte so viel Verständnis aufgebracht, wenn der Mann einen Tag vor Weihnachten einen Freund zu sich einlädt und damit den ganzen Festtagsplan durcheinander bringt.

Beim Frühstück bereiteten sie ihre beiden Jüngsten auf den Besuch vor.

„Wo ist Nicole?" hatte Jonas gefragt. Er mochte es nicht, wenn seine Lieblingsschwester nicht da war. „Sie ist gestern zu ihrem Freund gefahren, weil wir ihr Zimmer brauchen. Wir bekommen über Weihnachten Besuch", erklärten die Eltern ihrem Jüngsten. Das passte Jonas überhaupt nicht. Wortlos mampfte er sein Brötchen in sich rein.

Na, gute Luft, dachte Friedhelm, das kann ein gemütliches Weihnachtsfest werden. Jonas konnte mit seinen vier Jahren ziemlich launisch sein.

Endlich klingelte es. Wortlos standen die beiden auf und schritten zur Tür. Vor dem großen Spiegel im Flur blieb Christine stehen, zupfte sich ihr Haar zurecht, strich sich mit beiden Händen über ihr Kleid und betrachtete sich nachdenklich, als wollte sie prüfen, ob sie schön genug sei, diesen Besuch zu empfangen.

Friedhelm kannte die Prozedur. Das machte sie immer so, wenn es ihr besonders wichtig war, gut auszusehen oder wenn sie nervös war.

Friedhelm liebte diese kleinen Verlegenheitsgesten und erfreute sich immer wieder daran. Das war es, was ihm an seiner Christine so gefiel. Sie hatte sich in all den Jahren nie gehen lassen und immer auf ihr Aussehen geachtet. Es war ihr stets wichtig gewesen, so auszusehen, wie Friedhelm sie geheiratet hatte. Die kleinen altersbedingten Veränderungen hatten sie nur noch schöner werden lassen. Er liebte jedes Fältchen an ihr. Er brauchte sich vor seinen Freunden ihrer nicht zu schämen. Er war schon richtig gespannt, wie sie auf Harald wirken würde. Der kannte sie nur vom Erzählen.

Friedhelm wurde warm ums Herz, als er die Türklinke in der Hand spürte. Da draußen stand Harald. Er öffnete die Tür. Stumm fielen sich die Freunde in die Arme.

„Aber hallo, ich bin auch noch da", meldete sich Christine, als es ihr zu lange dauerte. Lachend ließen die beiden einander los, und Harald reichte ihr einen großen Strauß duftender Winterastern. Christine konnte es nicht fassen.

„Woher wusstest du, dass das meine Lieblingsblumen sind?"   „Wusste ich gar nicht sicher, habe es nur vermutet. Das erzähl ich dir später. Aber ich finde es toll, dass wir uns gleich duzen. Nun weiß ich wenigstens, dass ich auch bei dir willkommen und kein Fremder für dich bin", antwortete Harald. Ein wenig verlegen geworden, bat Christine: "Nun kommt endlich rein!"

Damit begann für Friedhelms Familie eines der schönsten und harmonischsten Weihnachtsfeste der letzten Jahre. Denn Harald hatte im Nu die Herzen der Mädchen erobert und auch Jonas für sich gewonnen. Ihm hatte Harald echte Boxhandschuhe mitgebracht.

Viel zu schnell vergingen die Tage. Immer und immer wieder hatten sie von ihrer gemeinsamen Zeit im Gefängnis erzählt, aber auch von der alten Heimat. Harald hatte sich inzwischen ein neues zu Hause geschaffen. „Geheiratet habe ich nicht wieder. Die Enttäuschung mit meiner ersten Frau sitzt noch immer zu tief. Darüber komme ich wohl nie weg.

Aber ich habe jetzt eine Arbeit gefunden, die mir unheimlich viel Freude bereitet.

Ich bin Hausmeister in einem Kindergarten. Mit allen möglichen Problemen und Wehwehchen kommen die Kleinen zu mir, heulen sich bei mir aus oder erzählen mir von ihren Problemen. Ihr glaubt gar nicht, wie viel Liebe die Rabauken brauchen. Da sind die meisten zwar Wunschkinder, aber denkt ihr die Eltern nehmen sich Zeit für die Sorgen ihrer Kleinen? Früh werden sie bei den Erzieherinnen abgegeben und spät am Nachmittag wieder abgeholt. Meistens sind die Eltern so im Stress, dass sie keine Nerven mehr haben, ihren Kindern zuzuhören. Fast täglich kommt einer der kleinen Racker zu mir gerannt.

Wenn ich schon höre: „Onkel Harry, Onkel Harry...!" Dann weiß ich, dass wieder eine kleine Kinderseele Trost braucht."

Fast jeden Tag war Harald auf seine Kinder zu sprechen gekommen. Christine und Friedhelm hörten geduldig zu und freuten sich, dass Harald ein neues zu Hause gefunden hatte. Doch bald hieß es Abschied nehmen. Sie standen wieder vor der Haustür und umarmten sich.

„Ruf gleich an, wenn du angekommen bist!" bat Christine. Friedhelm drückte Harald nur stumm die Hand und hatte mit den Tränen zu kämpfen.

Erst als Haralds Wagen nicht mehr zu hören war, gingen sie ins Haus.

Am Abend rückte Friedhelm mit der Sprache raus. „Hast du auch solche Sehnsucht nach der alten Heimat, nach den Verwandten und den alten Freunden?"

Christine konnte es kaum glauben. Die ganzen Jahre hatte sie ihren Mann bewundert, wie er sich in der neuen Umgebung eingewöhnt, neue Freunde, eine neue Arbeit gefunden hatte und mit welchem Ehrgeiz er seiner Familie ein neues Zuhause geschaffen hatte.

Nie wäre ihr in den Sinn gekommen, dass auch er Heimweh hätte.

Deshalb hatte sie ihm auch niemals von ihren Sehnsüchten erzählt. Besonders schlimm war es nach der Wende gewesen. Wie gern wäre sie wieder einmal nach Hause gefahren. Sie hatte sich nicht getraut, dieses Thema anzusprechen. Sie hatte angenommen, Friedhelm wollte mit der Vergangenheit nichts mehr zu tun haben. Sie hatte sich hier nie richtig zu Hause gefühlt. Nichts gegen die Nachbarn und die anderen neuen Bekannten, aber sie hatte stets das Gefühl gehabt, bemitleidet zu werden.

Sie war es immer gewohnt gewesen, auf Arbeit zu gehen. Hier war es üblich, dass die Frau zu Hause bei den Kindern blieb. Kindererziehung und Hausarbeit hatte sie früher nebenbei erledigt. Jetzt war das seit Jahren ihre Hauptaufgabe. Ihr fehlten einfach die Herausforderung und die berufliche Anerkennung, besonders aber die Gespräche mit den Arbeitskollegen. Die Hausfrauenthemen beim Schwatz im Supermarkt oder mit der Nachbarin interessierten sie nicht. Nur aus Höflichkeit heuchelte sie Anteilnahme. Wie froh war sie jetzt, dass sie mit Friedhelm endlich einmal darüber reden konnte.

Von diesem Tag an sprachen sie immer häufiger von ihrem alten Heim. Und bald reifte in ihnen der Entschluss, ihre Zelte hier abzubrechen und ein drittes Mal ein neues Leben aufzubauen. Mit etwas Glück konnten sie damit rechnen, ihr Eigenheim wiederzubekommen. Sie waren ja damals zum Verkauf gezwungen worden.

Friedhelm fuhr von da an regelmäßig zu seiner Schwester, baute sich dort einen Kundenstamm auf und richtete sich bald ein Büro ein. So konnte Christine nach fast einem Jahr mit Jonas in die neue alte Heimat umsiedeln. Der Kleine hatte sich schon lange darauf gefreut, weil er dort bei seiner Tante einen schönen Garten und eine Katze zum Spielen hatte. Die Mädchen wollten nicht mit umziehen.

Die Große war inzwischen zu ihrem Freund gezogen, und die Kleine hatte eine gute Lehrstelle gefunden.

Schnell waren sie wieder heimisch geworden. Mit viel Liebe hatten sie sich bei der Schwester im Haus eine gemütliche Wohnung ausgebaut, denn die Rückgabe ihres Hauses war utopisch geworden. Sie hätten über Gericht ihre Ansprüche geltend machen müssen. Und da der Rechtsanwalt ihnen nur fünfzigprozentige Chancen auf den Prozessgewinn ausrechnete, verzichteten sie auf diesen Streit. Sie wollten einfach endlich zur Ruhe kommen.

Über ein Jahr lebten sie nun schon in ihrer neuen Wohnung. Ab und zu unternahmen sie etwas mit ihren alten Freunden. Sie fühlten sich endlich wieder zu Hause.

Es war wieder Weihnachten. Harald feierte nun schon das dritte Mal mit ihnen. Als er sich diesmal verabschiedete, rückte er plötzlich mit der Sprache raus.

Christine hatte die ganze Zeit gespürt, dass ihn etwas bedrückte.

„Ich muss im Februar zur Operation ins Krankenhaus. Kannst du dich für ungefähr vier Wochen frei machen und mich in meinem Kindergarten vertreten? Ich möchte nicht, dass die Kinder mich zu sehr vermissen. Du kannst doch gut mit Kindern umgehen."

Für Friedhelm war das natürlich selbstverständlich, dass er seinem Freund half. Wer hätte auch ahnen können,

dass dies der letzte Freundschaftsdienst werden würde.
Harald hatte die Operation nicht überstanden.
Friedhelm konnte die Kinder nicht einfach im Stich lassen. Er wusste, sie brauchten ihn. Er blieb. Es tat jetzt besonders weh, wenn die Kleinen nach ihrem Onkel Harry fragten. Er konnte sie nicht mehr vertrösten.
Doch bald fragten sie nicht mehr.
Und heute plötzlich standen ein Uniformierter und einer im weißen Kittel vor der Tür. Friedhelm wollte sie zur Leiterin des Kindergartens bringen, doch die beiden wollten zu ihm. „Bitte kommen sie sofort mit! Wir haben einen Haftbefehl für sie."
Was wollten die von ihm? Es musste sich um ein Versehen handeln. Doch nun saß er hier in diesem kalten Raum und hörte, was man ihm vorwarf.
„Gegen Sie liegt eine Anzeige vor. Sie haben die kleine Rebecca Schneider missbraucht." Friedhelm begriff. Dieser Schneider hatte es wieder geschafft. Schneider war der Major gewesen, der an seinem und Haralds Unglück Schuld war. Vor kurzem war die kleine Rebecca von ihrer Mutter im Kindergarten angemeldet worden. Die Familie hatte sich hier im Ort ein Haus gebaut. Rebecca war sehr verschlossen und zurückhaltend. Sie fand lange keine Freunde und spielte immer allein. Friedhelm sprach sie an, und die Kleine fasste gleich Vertrauen zu ihm Sie schüttete ihm ihr Herz aus und kam von nun an täglich zu ihm. Sie wurde immer fröhlicher und fand bald Freunde in ihrer Gruppe.
Eines Morgens wurde sie vom Großvater gebracht. Friedhelm glaubte seinen Augen nicht. Major Schneider stand vor ihm. Wie versteinert blieb Schneider stehen, blickte dann zur Seite und tat so, als kenne er ihn nicht. Friedhelm ließ es auch dabei bewenden und ging seiner

Arbeit nach. Er wollte einfach nicht mehr daran denken, was dieser Mann ihm angetan hatte. Für ihn war das Kapitel abgeschlossen.

Aber nun musste er erfahren, dass das ein großer Fehler gewesen war. Er hätte ihn anzeigen müssen. Dieser Schneider war so skrupellos, dass er sogar seine eigene Enkelin dazu benutzte, um Friedhelm auszuschalten, damit er ihn nicht enttarnen konnte. Denn er wusste genau, dass es Friedhelm nur schwer gelingen würde, seine Unschuld zu beweisen.

Und würde man einem Angeklagten glauben, wenn dieser von Stasischuld spräche?

Das interessierte doch dann keinen mehr.

Friedhelm war sich seiner aussichtslosen Lage bewusst. Ihn verließen seine Kräfte. Mit Wehmut dachte er an seine Familie. Was sollte nun aus dem Jungen werden? Wie leid tat ihm seine Christine, die unschuldig schon so viel Schlimmes hatte erleben müssen. Seine Mädchen waren Gott sei dank fast erwachsen und brauchten ihn nicht mehr.

Er dachte an Harald. Plötzlich glaubte er ihn vor sich zu sehen. Der winkte ihm zu. Um ihn herum wurden die Stimmen wieder lauter und lauter. Er wollte weg hier. Doch irgendeine Kraft presste ihn auf seinen Stuhl bis er nichts mehr wahrnahm. Die Stimmen im Raum erreichten sein Bewusstsein nicht.

„Endlich! Ich hatte panische Angst um Dich. Was machst du nur für Sachen?" Christine saß neben ihm und umarmte ihn weinend vor Glück.

„Was war denn los? Warum bin ich hier in einem Krankenhausbett?"

Seine Frau erzählte ihm, dass er einige Wochen im Koma gelegen habe. Und sie berichtete ihm, dass die Eltern seiner Kindergartenkinder für ihn gekämpft hätten. Als sie ihn vermisst und erfahren hatten, was man ihm anlastete, gaben sie sich nicht damit zufrieden. Der Vati von Sebastian habe sich als Rechtsanwalt die nötigen Informationen eingeholt und mit anderen Eltern nachgeforscht. Sie konnten den Missbrauchsverdacht entkräften. Und was noch besser war, andere Opfer des Majors Schneider waren aufmerksam geworden und haben diesen angezeigt.

Nur wenige Tage brauchte Friedhelm, um wieder auf die Beine zu kommen. Diese Liebe, die ihm von allen Seiten entgegengebracht worden war, machte ihn stark. Jubelnd empfingen ihn seine Kinder, als er den Dienst wieder aufnahm.

Bessi, wie konntest du uns das antun?

Gut gelaunt strampelten wir am Sonntagmorgen los. Bessi, unsere Mischlingshündin, rannte frei zwischen mir und Bienchen. Bessi hört aufs Wort und braucht keine Leine.

„Hast du die Haustür zugeschlossen?" rief mir Moni zu. Manchmal nervt mich ihre Übervorsichtigkeit. Doch sie ist eine gute Mutter für unsere drei Mädels. Ich lebe immer noch gern mit ihr zusammen und fühle mich wohl an ihrer Seite.

Wir hatten uns vor 20 Jahren als Studenten beim Ernteeinsatz kennen gelernt. Zwischen uns hatte es gleich gefunkt. In den Mittagspausen suchten wir ständig unsere Nähe. An einem besonders schönen, sonnigen Herbsttag setzten wir uns von den anderen ab. Wir schlenderten am Feldrain entlang und sprachen kaum ein Wort. Gerade wollte ich meinen Arm um ihre Schultern legen, da stieß ich mit dem Schienbein gegen einen quer über den Pfad gespannten Draht. Im selben Moment krachten nacheinander mehrere Schüsse. Starr vor Schreck klammerten wir uns aneinander. Was war geschehen? Unser Feld lag innerhalb des 5km-Streifens in Grenznähe zur Bundesrepublik. Wir hatten uns gedankenlos immer näher zur Grenze zu bewegt und dabei die Selbstschussanlage berührt.

Ich war damals stark beeindruckt, wie tapfer Moni diese gefährliche Situation gemeistert hat, kein hysterisches Gekreische oder ängstliches Weinen. Im Gegenteil, sie war richtig wütend geworden.

Das lag nun 20 Jahre zurück und heute, ein Jahr nach der Einheit, wollten wir unsere Spuren suchen.

Die Straße hatten wir längst verlassen. Am Waldrand entlang fuhren wir auf das Feld zu, auf dem wir uns das erste Mal im Arm gehalten hatten. Moni blinzelte mir glücklich zu. Wir schauten auf unsere Kinder. Erst jetzt bemerkte ich, wie still sie geworden waren. Schweigend radelten wir nebeneinander her bis der Weg endete.

Vor uns lagen Wiesen und Felder. Stumm stand der verlassene hölzerne Wachturm in der sumpfigen Wiese, wie damals.

Nur diesmal hatte er nichts Bedrohliches mehr an sich. Alles sah so friedlich aus.

Plötzlich sprang vor uns ein Hase auf. Bienchen wollte Bessi noch zurückhalten, aber die hetzte dem Hasen hinterher und hörte nichts mehr. Ihr Jagdtrieb war erwacht. Der Hase wetzte im Zickzack übers Feld in Richtung ehemaliger Grenze.

Wütend fuhr ich Bienchen an: „Warum hast du nicht besser auf sie aufgepasst. Es kann ewig dauern bis Bessi wieder kommt!"

Bienchen fing gleich an zu heulen. Ungerechtigkeit kann sie schlecht verkraften. Doch ehe ich mich über meine dummen Worte ärgern konnte, zerriss ein ohrenbetäubender Knall die friedliche Stille. Erdklumpen flogen durch die Luft. Dann war wieder alles ruhig. Bienchen rief nach Bessi. Nichts. Kein Lebenszeichen. Wir wagten nicht, einander anzusehen. Stumm nahmen wir unsere Räder auf und schoben sie zum Weg. Der Heimweg dauerte ewig. Endlich daheim, stellten wir schweigend unsere Räder in den Keller. Die Mädchen gingen auf ihre Zimmer.

Ich hielt diese Ungewissheit nicht mehr aus, zog mich wieder an, nahm meine Autoschlüssel und ging durch den Garten zur Garage.

„Das glaub ich nicht! Bessi, wie kommst du denn hierher?" Überglücklich ließ ich es mir gefallen, dass Bessi wild an mir hoch sprang und mich im Gesicht abschleckte.

Kartengrüße

Jedes Jahr um diese Zeit
ist es wieder mal so weit.
Es werden Karten adressiert,
die schön mit Kerzen sind verziert.
Drauf schreibt man dann in großen Lettern
den Onkeln, Tanten, Nichten, Vettern.
Man wünscht ein wunderschönes Fest
und dass man sich bald sehen lässt.
Mehr passt zum Glück nicht auf die Karte,
weil man schön groß geschrieben hatte.
So lief's bis das 40ste Jahr war zu Ende,
da kam die heiß ersehnte Wende.
Es mussten größere Karten her.
Der Platz, der reichte jetzt nicht mehr.
denn jeder hatte viel zu sagen
und auch den anderen zu fragen:
„Warst du schon in der BRD?
Tut der linke Fuß dir auch so weh
vom ständig auf die Kupplung treten,
beim kriechend sich auf die Grenze Zubewegen?
Hast Du den Schlagbaum auch vermisst?
Man hat gar nicht gemerkt, dass man im Westen ist."
Es kann einen schon schauern, wenn man bedenkt,
manch junger Mensch hat hier sein Leben verschenkt.
Wir wollen den Sinn jetzt nicht ergründen
und uns auch nicht für unschuldig finden.
Wollen wir ehrend an sie gedenken,
indem wir uns und den Kindern alle Liebe schenken,
die für eine glückliche Zukunft vonnöten ist,
in der man das Wichtigste nicht vergisst.
Trinken wir auf das Kartenschreiben
und dass wir in Frieden mit der Welt verbunden bleiben.

Und plötzlich werden Träume wahr

In diesen Tagen ist`s geschehn,
ein neues Auto war zu sehn,
nicht ungebraucht, doch aus dem Westen,
viel schöner noch als unsre Besten
aus Zwickau und aus Eisenach,
manche sogar mit Schiebedach.

Nach unvorstellbar langer Zeit,
war es nun endlich doch so weit.
Wir konnten jetzt auch dahin gehen
und uns die Autos dort besehn,
wo diese auf die Kunden warten,
wo es heißt, bezahlen und gleich starten.

Dem Otto ward das Glück beschieden,
ihn holte sein Cousin nach Siegen.
Sie gingen zu Heinz ins Autohaus
und suchten einen Wagen aus.
Der Handel war recht schnell gemacht.
Ein Traum wurde wahr fast über Nacht.

Schnell hat sich's hier herumgesprochen,
dass seit den ersten Januarwochen
Ottos Garage ein Peugeot verziert
und kein Nachbar einen Augenblick verliert,
das Schmuckstück aus der Nähe zu sehn.
Ach ja, es wäre gar zu schön,
wenn man fürs schwerverdiente Geld,
was man sich wünscht auch hier erhält.

Daheim geblieben

Wer sind die, die daheim geblieben?
Sind es die, die 40 Jahre Geschichte schrieben?
Sind es die, die ständig „Hurra" geschrieen
und keinem ein kritisches Wort verziehen?

Wer sind die, die zur Stange gehalten?
Sind es die Jungen, sind es die Alten?
Sind es die, die sich gern vor der Arbeit drücken
und statt ehrlich zu streiten nur mit dem Kopfe nicken?

Wer sind die, die jetzt noch hier sind?
Sind es die, die den Mantel drehen in den Wind?
Sind es die, die schon immer ihr Bestes gaben
und ehrlich ihre eigene Meinung vertraten?

Daheim sind von allen Leuten ein paar geblieben,
vor allem die, die ihre Heimat über alles lieben,
denen sie mehr bedeutet als alles Gut und Geld,
für die sie ist der schönste Ort auf dieser Welt.

Lassen wir sie uns nicht von jenen verderben,
die immer glauben, die könnten die Größten werden,
wenn sie sich wieder an die Spitze setzen
auch wenn sie dabei Ehre und Anstand verletzen.

Woher weht der Wind?

Was alle Gemüter stark bewegt,
ein neuer Wind aus neuer Richtung weht.
Woher, wohin ist unbestimmt
Wer weiß, ob jemand verliert, ob jemand gewinnt.

Man spürt, wie die Großen spekulieren:
„Wie stell ich mich um, ohne mein Gesicht zu verlieren?
Doch wozu hab ich einen Mantel an,
den ich entsprechend in den Wind drehen kann.

Dass man damit immer am besten fährt,
weiß ich und sitz bald wieder fest auf dem Pferd.
Den Sattel hab ich schon blank poliert,
hab auch schon fleißig frei diskutiert."

Damit glaubt mancher, hat er genug getan
und denkt schon lang nicht mehr daran,
wie er andere hat tyrannisiert
und sich als "Radfahrer" aktiviert.

Ihn plagt auch nicht das schlechte Gewissen,
obwohl er viele um ihre besten Jahre beschissen.
Diese harten Worte sind nur für jene gedacht,
die sich auf Kosten des Volkes ein schönes Leben gemacht.

Die nur in die Partei eintraten,
weil sie sonst für den Posten keine Chancen hatten.
Wer ehrlich seine Arbeit immer getan,
nimmt sich diese Verse gar nicht erst an.

Zwischen den Stühlen

In allen Büchern konnten wir`s lesen:
„Der Kapitalist ist schon immer der Arbeiter Feind gewesen."
Ihn zu hassen sollten wir die Schüler lehren,
kaum einer konnte erfolgreich sich wehren.

„Erziehung zum Hass" stand wortwörtlich geschrieben.
Nur die Partei, die sollten wir lieben.
Man hat sie besungen, so recht und schlecht
„Die Partei, die Partei, die hat immer recht".

Als parteiloser Lehrer saß man zwischen den Stühlen
und musste sich plagen mit seinen Gefühlen.
Wie mach ich meine Arbeit mit gutem Gewissen
und ohne sich ständig fragen zu müssen.

Wie halte ich meinen Lehrplan ein,
ohne ein feiger Lügner zu sein?
Es war auch nicht alles nur verkehrt,
was wir in den 40 Jahren gelehrt.

Die Ideale der alten Kämpfer waren gar nicht so dumm,
doch was scherten sich unsere Bonzen darum.
Sie prassten und lebten in Saus und Braus
und nutzten das Arbeitervolk gründlich aus.

Jetzt könnte mancher fragen: „Wart ihr denn blind?
Wart dümmer ihr als manches Kind?"
Das Beste ist, wenn man die Geschichte befragt,
die hat jederzeit ein Gleichnis parat.

Es gab schon einmal diese Großmannssucht,
die von der ganzen Welt noch heut wird verflucht.
Und wer hatte damals die Nazis durchschaut?
Und wer hatte zu widerstehn sich getraut?

Drum verteufeln wir doch nicht gleich jeden,
der im Netz der Spinne mit hielt die Fäden.
So mancher wusste nicht, was er tat,
dafür ihn jetzt das schlechte Gewissen plagt.

Nachsicht mit denen wir nicht üben sollten,
deretwegen so manche ehrliche Köpfe rollten.
Mit Leuten, die bei den Nazis Jugendscharführer warn,
40 Jahre als sture Genossen zogen den Karrn.

Und nach der Wende sich gleich wieder drehten,
und plötzlich in die Kirche gingen zum Beten.

Hast du alles schon vergessen?

Hast du alles schon vergessen,
von welchem Traum wir fast alle warn besessen?
Wir träumten von Freiheit und vollen Läden
und was wir alle dafür gäben,
wären die Mauer und die Grenzen offen.
Wir wurden nicht müde, darauf zu hoffen,
dass die Diktatur endlich ein Ende nähme
man sich nicht aussichtslos nach den Freunden im Westen
sehne.
Einmal nur die Alpen erleben
oder unter Palmen auf rosa Wolken schweben.
Das alles steht uns jederzeit offen.
Viele habens schon erlebt, manche müssen noch hoffen,
weil das nötige Kleingeld dafür fehlt
und man sich grad so über Wasser hält.
Doch wie habt ihr euch das so vorgestellt?
Etwa, dass ein Goldregen vom Himmel fällt?
Habt ihr gedacht, dass jeder der im Westen lebte,
logischerweise zu den Reichen zählte?
Auch da musste fürs Geld man fleißig malochen
und konnte in seinen paar Urlaubswochen
nicht jeden Wunschtraum sich erfüllen
und seine Sehnsüchte alle stillen.
Auch wenn sie es drüben schon immer besser hatten,
dürfen wir nicht gleich zu viel erwarten.
Könnten wir wenigstens für einen Moment das Jahr 89 sehn,
dann wärt ihr erstaunt, was bisher schon alles ist geschehn.
Überall sieht man ein Aufwärtsstreben.
Wäre es nicht so gekommen, würden wir in trostloser Armut
leben.
Also bemüht euch, nicht nur materiell zu denken,
sondern Liebe, Freundschaft und Glück einander zu schenken.

Gut oder böse

oder

So einfach ist`s

Nie war es leicht, das zu erkennen,
wen konnte man gut, wen musste man böse nennen.
Die Wende hat fast über Nacht,
uns die Entscheidung leicht gemacht.

War einer Genosse der SED,
dann tritt ihm jetzt kräftig auf den Zeh,
da er zu den Guten kann nicht gehören,
das können die anonymen Schreiber bei „Bild" beschwören.

Sie werfen mit Stolz sich an die Brust:
„Ich hab das alles schon immer gewusst.
Ich war immer ehrlich, ich war immer gut."
Doch nicht mal jetzt haben beide den Mut,

mit ihrem Namen zu ihrem Wort zu stehn.
Es könnte ihnen womöglich ein Leid geschehn.
Trotzdem möchte ich mich bei beiden bedanken,
sie brachten mit ihren Briefen meinen Thron zum Wanken,

auf den ich mich hab selber erhoben,
um ständig mich dafür zu loben,
dass ich meine Meinung immer laut hab vertreten.
Nun glaub ich, manchmal ist es auch nur Dummheit gewesen.

FSC
www.fsc.org

MIX

Papier aus ver-
antwortungsvollen
Quellen
Paper from
responsible sources

FSC® C105338